열심히
살다 보니
놓쳐버린 것들

열심히
살다 보니
놓쳐버린 것들

한창욱 지음

레몬북스
lemon books

사랑을 떠나보내야만 오는 새벽,
그 길 위를 서성이며

1.

　길고양이 비비안은 오늘도 깜깜한 골목에서 모퉁이를 바라보고 있다. 아델을 처음 만났던 곳, 일식집 쓰레기통 위에서 꼼짝하지 않은 채.

　3년 전, 거부할 수 없는 향기처럼 다가왔던 그는 향기처럼 사라졌다. 고작 3개월의 짧은 만남을 뒤로하고.

　그가 떠난 뒤 비비안도 잠시 그곳을 떠났다. 몸은 비린내가 자욱한 선착장을 서성였지만 마음은 늘 그곳에 있었다.

　그를 미워하고
　그를 사랑하고
　그의 모든 것을 그리워하며.

　결국 비비안은 도시로 돌아왔다. 그는 어디에도 없었지만 어디에나 있었다. 시간과 공간을 가리지 않고 불쑥 나타났다가 신기루처럼 사라지곤 했다.

　비비안은 그의 부재에 익숙해졌고, 그리움에 길들여졌다. 그렇게 지하도 앞에서 파는 타코야키처럼 비슷비슷한 날들이 흘러갔다.

빛과 어둠의 경계가 점점 엷어져가는가 싶더니 해가 설핏 기운다. 주방 문틈으로 달콤새콤한 냄새가 경쟁하듯 새어나오고, 이내 구름처럼 풍성해져서 골목을 뒤덮는다.

하루 일과를 마친 지친 고양이들이 골목으로 쏟아져 들어온다. 한때 파티를 함께 즐겼던 이들이 다가와서 알은체를 한다.

"아직도 그를 못 잊은 거야? 그러지 말고 기분 전환할 겸 술이나 한잔해! 내가 연어 스테이크 끝내주게 하는 집을 알거든."

"깜짝 놀랄 만한 소식이 있어! 귀족처럼 멋진 갈색 털을 기르고, 밤의 분쟁을 해결해주는 변호사 코란 알지? 그분이 너에게 관심 있대!"

비비안은 친구들의 유혹을 귓등으로 흘려버린다. 털이 듬성듬성 빠져나간 목덜미 속에 턱을 묻은 채, 묵묵히 모퉁이만을 응시한다.

금방이라도 그가 커다란 눈동자를 반짝이며 골목 저편에서 걸어올 것만 같다. 우아함이 뚝뚝 떨어지는 특유의 걸음걸이로.

달이 등 뒤로 넘어가자 와자지껄했던 소리들이 먼지처럼 내려앉는다. 가게 셔터가 내려지고, 음식점 주인들마저 차를 몰고 도시 저편으로 사라진다.

골목이 물속처럼 고요해지자 고독은 한층 더 깊어진다. 그녀는 숨통을 조여오는 적막감을 떨쳐내기라도 할 듯 길게 기지개를 켠다.

그는 오늘도 오지 않았다.

밤이 깊어간다. 보라색 하늘이 새까맣게 변하는가 싶더니 천둥소리가 들려온다. 후두두 빗방울이 쏟아진다. 가출한 고양이가 깜짝 놀라 건물 안으로 뛰어 들어가고, 술 취해 널브러져 있던 늙은 고양이가 비틀거리며 그 뒤를 따라간다. 그러나 비비안은 쓰레기통 위에서 쏟아지는 비를 맞으며 꼼짝하지 않는다.

분명 그는 내일도, 모레도 오지 않을 거야! 어쩌면 그는 이미 죽어서 이 세상을 떠났는지도 몰라. 단지 그 사실을 인정하고 싶지 않아 기억 속에서 지워버린 건지도….

골목은 온통 빗소리가 뒤덮고 있다. 차가운 빗물이 털 속으로 스며든다. 몸이 바들바들 떨려오는가 싶더니 재채기가 쏟아진다. 몸속 깊은 곳에서 기분 나쁜 열기가 스멀스멀 올라온다. 그녀는 문득, 깨닫는다.

이제 그만 그를 보내줘야 한다는 것을.
미움도, 집착도 이제 그만 내려놓아야 한다는 것을.
살기 위해서, 헤어져야 한다는 것을.

비비안은 몸을 일으킨다. 쓰레기통에서 가볍게 뛰어내리려 했는데 몸이 허약해질 대로 허약해져서일까. 착지하는 순간, 앞무릎이 꺾인다. 아무렇지도 않은 척 일어선 그녀는 고인 물구덩이를 피해서 느릿느릿 골목을 지나간다.

건물 모퉁이에 멈춰 서서 잠시 밤하늘을 올려다본다. 비는 멎었지만 하늘은 여전히 새까만 도화지 같다.

잘 가, 내 사랑!

비비안은 그와 헤어진 지 33개월 만에 정식으로 작별을 고했다. 마음속에 꽉 붙들고 있던 것들을 서서히 놓아주었다. 환영일까. 작은 은빛 비늘 같은 것들이 무수히 반짝이며 하늘로 올라갔다. 어디선가 비린내를 싣고 따뜻한 바람이 불어왔다.

그녀는 강렬한 예감에 몸을 한 차례 부르르 떨었다. 보이지는 않지만 느낄 수 있다. 먹구름으로 뒤덮인 새까만 하늘 저편에서 눈부신 빛이 쏟아지고 있음을. 춥고 고독했던 밤이 가고, 포근한 새벽이 서서히 다가오고 있음을.

2.

두 살, 네 살 된 두 딸과 제비꽃처럼 가녀린 아내를 남기고 친구가 세상을 떠났다.

그때는 미처 몰랐다.

죽음이 인생에서 차지하는 의미를.

인생의 빛과 삶의 의미는 죽음에서부터 시작된다는 것을.

그 어떤 예고나 징후도 없이 친구가 훌쩍 세상을 떠나고 나자, 어렴풋이나마 하나의 세계가 끝나고 새로운 세계가 열리고 있음을 느낄 수 있었다.

나 역시 언제든지 죽을 수 있음을 알았는데 마치 천년만년 살 것처럼 그렇게 살아갈 수는 없지 않은가.

그 뒤로 '어떻게 인생을 살아야 할까?'에 대해서 스스로에게 물었고, 독서와 이웃들의 다양한 삶을 통해서 그 답을 찾아보려 했다.

여기 실린 글들은 일종의 기록이다.

지난날들에 대한, 그리고 앞으로 나와 그대가 살아가야 할 날들에 대한.

엎어지고, 짓밟히고, 때로는 소중한 사람을 먼저 떠나보내야 할지라도 어쨌든 인생은 계속되어야 하므로.

9

차례

CHAPTER 1
사랑의 숲으로 가자

숲을 산책하는 즐거움

CHAPTER 3

숲에 사는 요정들

CHAPTER 4

그리움의 숲에 내리는 눈

사랑의 숲으로 가자

겨울이 오면
봄이 멀지 않으리.

— 메리 울스톤크래프트
셸리(Mary Wollstonecraft Shelley), 영국의 작가

하루의 끝에서

인사 발령 공문을 살펴본 K는 한숨을 내쉬었다. 올해도 자신의 이름을 발견할 수 없었다. 과장 단 지도 어느새 10년째였다. 혹시나 싶어서 부장 승진자 명단을 훑어보았다. 입사 동기들의 이름이 눈에 띄었다.

팀장이 다가오며 물었다.

"나라 잃은 사람처럼 표정이 왜 그래? 쓸데없는 데 정신 팔지 말고 일해! 중국 프로젝트 내일까지 제출할 수 있지?"

"내일까지는 곤란합니다. 이번 주 안에는 반드시 제출하겠습니다."

"무슨 소리야? 다음 주 초 프레젠테이션 잡혔으니까 내일까지는 제출하라고 했잖아! 원고도 작성하고 리허설도 해야 하니까, 내일 아침까지 무조건 제출해!"

팀장은 자기 할 말만 다 하고서 돌아섰다.

그는 끓어오르는 화를 달래며 모니터를 바라보았다. 심장이 터져 버릴 것만 같았다. 온갖 욕설이 장마철의 먹구름처럼 빠르게 밀려들더니 머릿속을 가득 채웠다.

'그렇게 급한 거면 네가 하지 왜 나한테 떠넘겨? 개처럼 부려먹으면서 인사 고과는 챙겨주지도 않고…. 성질나는데 확 받아버릴까 보다!'

분노가 불길처럼 치솟으면서 얼굴이 화끈거렸다. 계속 앉아 있다가는 사고 칠 것만 같아서 벌떡 일어나 사무실을 나섰다.

옥상에서 일산 쪽을 바라보았다. 아내와 아이들의 얼굴이 차례로 떠올랐다. 흥분을 가라앉히기 위해 심호흡을 했다.

'참자, 참아! 열 번, 백 번이 아니라 천 번, 만 번이라도 참자!'

블랙커피를 한 잔 타서 책상 앞에 앉았다. 점심은 거르고, 저녁은 모니터 앞에서 샌드위치로 대신하며 업무에 몰두했다. 얼추 일을 끝내고 나서 시계를 보았다. 어느새 11시였다.

"이런, 젠장!"

서둘러 사무실을 나섰다. 허겁지겁 정류장으로 달려갔다. 막차가 막 출발하려는 중이었다. 다급히 닫힌 문을 두드리자 스르르 열렸다.

"감사합니다."

버스는 한산했다. 자리에 앉아 의자에 머리를 기댔다. 라디오에서는 종현의 〈하루의 끝〉이 흘러나왔다.

지친 내 하루 끝 포근한 이불이 되고

수고했어요 정말 고생했어요

누군가의 어깨에 기대고 싶었던 걸까. 머리가 창문 쪽으로 스르르 기울었다. 눈꺼풀이 감기면서 감당하기 힘든 피로와 함께 졸음이 쏟아졌다.

여기는 또 어디일까?

비몽사몽을 헤매던 그는 바위 같은 눈꺼풀을 가까스로 밀어 올렸다. 창밖으로 낯익은 풍경이 보였다. 자리에서 벌떡 일어나며 다급히 외쳤다.

"서, 선생님, 잠깐만요!"

목이 잠겨 있어서 다른 사람의 음성 같았다. 출발하려던 버스가 멈춰 섰다. 그는 버스에서 다급히 뛰어내렸다.

거리 저편에서 후텁지근한 바람이 불어왔다. 숨이 턱 막혀와서 넥타이 끈을 느슨하게 풀었다. 세상이 노랗게 보인다고 느끼는 순간, 배 속에서 꼬르륵거리는 소리가 들려왔다. 음식점은 대부분 문을 닫았고, 불 켜진 몇몇 음식점도 정리하는 중이었다.

아파트 단지로 들어서자 불 켜진 치킨집이 보였다. 그는 마치 불빛에 홀린 듯 가게 안으로 들어갔다.

"영업 끝났어요?"

"아, 안녕하세요! 들어오세요."

테이블에 앉아 정산하던 주인이 자리에서 일어나며 알은체를
했다.

"양념치킨 돼요? 가져갈 건데…."

"한 마리죠?"

"아, 네."

"20분 정도 걸려요."

그는 고개를 끄덕이며 의자에 털썩 주저앉았다. 두리번거리다 벽
시계를 올려다보았다. 온종일 모니터만 바라본 때문일까. 시곗바늘
이 여러 개로 보였다. 손가락으로 문지르자 소금으로 문댄 듯 눈동자
가 아렸다. 몇 차례 눈꺼풀을 껌뻑이고 나자 그제야 초점이 맞았다.

시곗바늘은 자정을 향해 다가가고 있었다. 유독 길고 힘든 하루
가 마침내 끝나가고 있는 중이었다.

치킨이 담긴 비닐봉투를 들고, 장대처럼 긴 그림자가 금방이라도
넘어질 듯 휘청거리며 아파트 광장을 가로질러 갔다.

초인종을 누르자 아내가 졸린 눈을 비비며 문을 열어주었다.

"애들은?"

"자요."

그는 방으로 가서 자고 있는 아이들을 흔들어 깨웠다.

"아빠가 치킨 사왔어, 치킨 먹고 자!"

"졸려…."

"일어나서 먹고 자!"

아내가 자는 애들을 왜 깨우느냐고 만류했지만 그는 아이들을 강

제로 깨워서 거실로 데리고 나왔다.

"와, 양념치킨이다!"

아이들이 눈을 반짝이며 달려들었다. 손과 볼에 새빨간 양념을 묻혀가며 정신없이 치킨을 뜯어 먹는 아이들을 보고 있으니 문득, 몇 해 전에 세상을 떠난 아버지가 떠올랐다.

중졸이 학력의 전부인 아버지는 공장에서 일했다. 공중목욕탕에 함께 가면 아버지는 손톱 끝에 밴 까만 기름때를 빼내기 위해서 쉼 없이 비누질을 했다. 그러나 그것은 마치 태어날 때부터 생긴 얼룩처럼 좀처럼 사라질 줄 몰랐다.

친구 분들 사이에서 아버지 별명은 '만년 계장'이었다. 그들은 세월과 함께 부장이 되고 이사가 되었다. 그러나 아버지는 계장으로 일하다가 정년퇴직했다.

아마도 박봉이기 때문이었으리라. 아버지는 자신을 위해서는 천원 한 장 쓰지 않았다. 항상 작업복 차림에 바깥쪽 굽이 닳아서 기울어진 낡은 구두를 신고 다녔다.

아버지는 가끔씩 한밤중에 전기구이 통닭을 사 들고 왔다. 꿈나라를 헤매고 있는 그와 동생들을 깨웠고, 통닭을 먹는 자식들을 물끄러미 바라보았다.

그때는 몰랐다. 아버지가 왜 밤늦게 통닭을 사 들고 와서 잠자는 자식들을 깨우는지.

하지만 이제는 알 것 같았다.

몹시 지쳐서 숨이 금방이라도 넘어갈 듯 목젖에서 헐떡거리고,

마치 돈 버는 기계가 된 것만 같아서 돈 버는 보람, 혹은 살아가야만 하는 이유를 눈으로 확인하기 위함이라는 것을. 스산한 삶의 헛헛함을 달래기 위한 몸부림이었음을.

아버지가 미칠 듯이 그리웠다. 그는 베란다로 나가 눈가에 맺힌 눈물방울을 손가락으로 슬쩍 닦았다. 입안 가득 차오른 슬픔을 한숨과 함께 토해내며 나지막이 중얼거렸다.

"아버지, 미안해요! 효도 한번 제대로 해본 적도 없으면서…썩어 문드러질 대로 문드러진 당신의 가슴을 박박 긁었네요."

아버지는 학자가 되기를 바랐습니다.
공부 열심히 하라고 충고하면
'자기도 못 이룬 것을 왜 나더러 하라고 그래?' 하며
속으로 반발하곤 했지요.

당신의 마음을 조금이라도 헤아렸더라면
당신의 충고에 귀 기울였더라면
인생도 지금과는 많이 달라져 있겠지요.

브룩스 헤이스는 이렇게 말했습니다.
"자기 자신에게는 없는 것이
자식에게서 실현되기를 보고자 함은
모든 아버지의 경건한 소망이다."
아버지의 마음
아버지의 소망
그때는 까맣게 몰랐습니다.
아버지가 되고 나서야 비로소 깨달았지요.
아버지, 사랑합니다!

그래도 후회 없는 삶

존경하는 교수님이 뇌졸중으로 쓰러졌다는 소식을 듣고 병문안을 갔다. 반신불수가 된 교수님은 병상에 누워 어눌하게 말했다.

"세월도 나처럼 인내심이 부족하구나!"

교수님은 정년퇴직을 몇 해 앞두고서 여행 계획을 세웠다. 아내와 단둘이서 세계여행을 다닐 생각을 하니 마음이 들떴다. 여행은 당신 자신을 위한 것이기도 했지만 헌신적인 삶을 살아온 아내를 위한 것이기도 했다.

아내더러 경비를 대라고 하면 안 가겠다고 뻗댈 것이 빤했다. 교수님은 책을 집필했고, 번역 일도 마다하지 않았다. 계획은 교수님의 치밀한 성격처럼 차근차근 진행되었다.

정년퇴직을 코앞에 두고 있던 어느 날, 교수님은 새벽에 공원으로 산책을 나갔다가 쓰러졌다. 다행히도 일찍 발견돼 목숨은 건질 수 있었다.

"세계 4대 문명의 발상지를 차례대로 둘러본 뒤, 인류 문명의 발달사를 따라서 유명 도시를 돌아볼 계획이었지. 여행에 필요한 장비도 틈날 때마다 사두었고, 세계전도를 펼쳐놓고 여행 루트도 몇 번이나 점검했다네. 그토록 기다렸던 그날이 코앞에 왔는데 도대체 이게 무슨 조화란 말인가?"

교수님은 자신의 삶에 대한 남다른 자부심이 있었다. 그런데 병상에 누워 있기 때문일까. 그 어디에서도 자부심은 찾아볼 수 없고, 온통 아쉬움뿐이었다.

"조만간 건강을 되찾으실 거예요. 그때 가시면 되죠!"

"꿈에도 유효 기간이 있다네. 이제는 그만 내려놓아야 할 것 같아. 얼마 전까지만 해도 멋진 꿈이었는데 이제는 욕심 덩어리로 변질되어버렸어."

교수님은 안타까움을 삭일 길 없는지 기나긴 탄식을 토해냈다.

나는 병원을 나서며 눈부신 태양 아래 펼쳐진 세상을 찬찬히 둘러보았다. 내가 예전에 알던 세상이 아니었다. 바람의 향기가 달랐고, 반짝거리는 나뭇잎, 화원의 꽃, 오가는 사람, 회색빛 건물마저도 새롭게 보였다.

"세월은 나처럼 인내심이 부족하구나!"

그날 병상에서 들려준 교수님의 말씀은 내가 지금까지 들어본 그어떤 강의보다도 가슴을 울렸다.

❖

인간은 영원히 살 것처럼 여유작작하게 살아간다. 그러다 어느 날 죽음에 직면하게 되면 그제야 비로소 생명의 유한성을 절감한다.

몇 해 전, 호스피스 병동에서 오랫동안 말기암 환자들을 돌봐온 수녀님과 이야기를 나눈 적이 있다.

"어떻게 사는 게 후회 없는 삶일까요?"

수녀님은 잠시 내 질문의 뜻을 헤아리다가 이렇게 대답했다.

"인간은 불완전한 존재예요. 거기다 처음 사는 인생이니 시행착오를 겪게 마련이죠. 그래서 죽음을 목전에 두게 되면 저마다 이런저런 후회를 해요. 용기가 없어서 사랑을 고백하지 못했음을 후회하고, 건강할 때 여행을 많이 다니지 못했음을 후회하고, 가족이나 친구들에게 잘해주지 못했음을 후회하죠. 후회 없는 삶은 없는 거 같아요. 그나마 덜 후회하는 삶이라면 몰라도."

'후회 없는 삶'은 나의 오랜 명제였다. 나는 수녀님을 만난 뒤로 '(어차피 후회할 수밖에 없지만) 그래도 후회 없는 삶'에 대해서 틈날 때마다 명상하곤 했다.

하루는 책을 읽고 있는데 톨스토이의 말이 가슴을 파고들었다.

이 세상에서 가장 중요한 시간은 현재이고,
이 세상에서 가장 중요한 사람은 현재 마주하고 있는 사람이고,
이 세상에서 가장 중요한 일은 그 사람에게 선을 행하는 일이다.

톨스토이는 살아가면서 가장 중요한 일로 '이웃에 대한 사랑'을 꼽았다. 각별한 이웃 사랑은 사상의 근간을 이루었고, 신앙의 뿌리와 맞닿아 주옥같은 글의 원천이 되었다.

특별한 깨달음으로 '살아 있는 성자'로 불리는 제14대 달라이 라마인 텐진 갸초는『행복론』에서 이렇게 말한다.

"모든 사람은 행복을 추구하기 위해서 살아갑니다. 지금보다 더 많은 행복을 누리기 위해서 일을 하고 사랑을 합니다. 더 많은 행복을 얻기 위해 종교 생활을 하고, 더 많은 것을 소유하기 위해 돈을 벌고 싶어 합니다. 하지만 진정한 행복은 밖이 아니라 안에 있습니다. 자신이 가지고 있는 걸 마음속 깊이 느낄 때 비로소 평화와 함께 행복이 찾아옵니다."

'자신이 가지고 있는 걸 마음속 깊이 느낌'을 기독교식으로 표현하면 감사하는 마음이다. 감사하는 마음은 현재에 충실할 때 가슴 깊은 곳에서 샘솟는다.

그래도 후회 없는 삶이란 현재의 순간에 충실한 삶이 아닐까 싶다. 내가 가진 작은 것에 감사하며 매 순간을 살아간다면 삶이 기쁨으로 충만해지지 않을까.

나는 오늘도 해 질 녘 숲으로 산책을 나간다.

산책은 내가 누릴 수 있는 큰 기쁨이다. 내 인생 최고의 순간이라고 할 수는 없지만 지금 내가 선택할 수 있는 최고의 순간이다.

산책을 나갔다 봄과 숨바꼭질을 했습니다.

나뭇가지에 맺힌 꽃봉오리 속에 봄이 꼭꼭 숨어 있네요.

사계절 중 봄을 가장 좋아합니다.

봄이 되면 내 안에도 맑고 투명한 시냇물이 흐르고

몸속 깊은 곳 어디선가

새들의 흥겨운 노랫소리가 들려옵니다.

봄꽃이 지천으로 피어나기 시작하면

나는 똥 마려운 강아지마냥 한시도 가만히 있지 못합니다.

특히 저물녘의 봄을 사랑합니다.

어머니의 치맛자락 같은 포근한 봄바람 속에서

봄꽃과 눈 맞추고 있으면

코끝이 찡해지고 가슴이 뭉클해집니다.

아름다운 것들은 이 땅에 오래 머물지 못함을 알기 때문입니다.

올겨울은 나에게 유독 혹독했습니다.

겨울을 이겨낸 꽃나무들이

올해는 또 어떤 꽃들을 피울까요?

봄꽃이 필 무렵, 남도로 여행을 떠나볼까 합니다.

목련을 등불 삼아

남도의 밤거리를 어슬렁거리렵니다.

그래도 후회 없는 삶을 위해.

사랑에 대한 예의

"와! 너 하나도 안 변했다!"

"고마워! 근데 너도 마찬가지야."

K는 모처럼 만에 고향에 와서, 초등학교 동창 모임에 나갔다가 R을 만났다. 두 사람은 모임이 끝난 뒤 강가를 나란히 걸었다.

"돌멩이 다시 한번 던져볼래? 강 건너편까지 던지면 소원 하나 들어줄게."

그녀의 제안에 그는 멋쩍은 미소를 지었다.

"자신 없어! 아마 두 번 다시 못 할 거야."

10여 년 전이었다.

고등학교를 졸업한 K는 아버지 과수원 일을 도우며 지냈다. 추석이 되자 상경했던 사촌형이 오랜만에 내려왔다. 그는 용산 전자상가에서 일하다가 독립해서 가게를 차렸다고 했다. 고장 난 컴퓨터나 노트북을 수리하기도 하고, 조립해서 팔기도 한다고 했다.

"나랑 같이 서울 올라가서, 내 밑에서 일하지 않을래?"

"제가 뭐 할 줄 아는 게 있어야죠."

"일이야 배우면 돼. 난들 컴퓨터에 대해서 뭘 알았겠어?"

"음, 한번 생각해볼게요."

시골 생활은 단조롭고 따분했다. 솔직한 심정으로는 당장이라도 따라가고 싶었다. 하지만 R이 은근히 마음에 걸렸다. 초등학교 동창인 그녀와는 오랜 연인 사이였다. 그녀만 혼자 남겨놓고 훌쩍 떠나기가 미안했다.

그날 밤 강변에서 그녀를 만났고, 사촌형의 제안을 털어놓았다. 그녀는 가타부타 말이 없었다. 답답한 마음에 자리에서 일어나 있는 힘껏 돌멩이를 던졌다. 힘차게 날아가던 돌멩이는 번번이 강 중앙에 풍덩 빠졌다.

"야, 내가 강 건너편까지 돌을 던지면 소원 하나만 들어줄래?"

강폭은 대략 100여 미터 남짓이었다. 그녀는 태어나면서부터 강가에서 살아서 누구보다 잘 알았다. 수많은 사람이 돌멩이를 던졌지만 읍내 중학교 야구선수를 비롯해서 단 한 사람도 강을 넘기지 못했다는 것을.

"응!"

"약속하는 거다?"

그가 새끼손가락을 내밀었다. 그녀는 고개를 끄덕이며 손가락을 걸었다.

이듬해 설이 되자 사촌형이 다시 차를 끌고 내려왔다. 그는 사촌형과 밤새도록 많은 이야기를 나눴다. 마음을 정한 그는 다음 날 그녀를 강가로 불러냈다.

"내가 강 건너편까지 돌을 던져볼게."

그는 주머니에서 납작한 돌멩이를 꺼냈다. 강은 혹한으로 인해 꽁꽁 얼어 있었다. 몸을 최대한 낮추며 허공이 아닌 얼음장 위로 있는 힘껏 돌멩이를 던졌다. 돌멩이는 강의 3분의 1쯤 날아가다가 얼음장 위에 내려앉았고, 힘차게 미끄러지면서 강을 가로질러 가는가 싶더니 어느새 건너편 물에 닿았다.

"야, 반칙이야!"

"이게 왜 반칙이야? 어쨌든 강 건너편까지 던졌잖아!"

그녀는 잠시 우기다가 이내 내기에서 졌다는 사실을 받아들였다. 웃음기가 가신 긴장된 눈빛으로 물었다.

"소원이 뭔데?"

"널 한 번만 안게 해줘!"

"나랑…자고 싶다는 뜻이야?"

"아니, 그냥 널 안고 싶어."

"뭘 새삼스럽게…."

말이 채 끝나기도 전에 그는 성큼 다가가서 그녀를 와락 끌어안았다. 여러 가지 감정이 빠르게 교차했다. 도대체 얼마나 시간이 지났을까. 낮게 흐느끼는 소리가 들려왔다.

"미안해!"

그는 떨고 있는 그녀의 어깨를 토닥였다. 이별을 예감했는지 그녀가 묵묵히 고개를 끄덕였다.

이튿날, 그는 사촌형의 차를 타고 고향을 떠났다.

그녀가 얼음으로 덮인 강을 바라보며 물었다.

"그때 내가 가장 두려워했던 게 뭔지 알아?"

"글쎄?"

"네가 말없이 사라져버릴까 봐 겁났어."

그는 그 마음을 알 것 같아 고개를 끄덕였다.

"내가 그 정도 쓰레기는 아니지!"

"그래, 넌 신사였어."

"칭찬, 고마워."

"그래도 네가 배려해준 덕분에 애 아빠를 만날 수 있었어. 진심으로 감사하게 생각해! 만약 말없이 훌쩍 떠났다면, 널 원망하면서도 계속 기다렸을 거야. 어쩌면, 지금까지도."

그녀는 그로부터 3년 뒤인 스물네 살에 결혼했다. 그가 전방에서 육군 부사관으로 복무하고 있을 때였다.

"사실 널 배려해서라기보다는 날 위해서였어. 그래야 일에만 전념할 수 있을 테니까."

"잘했어! 넌 그래도 예의를 지킨 거야. 우리 사랑에 대한…."

"고마워, 그렇게 말해줘서."

그는 자리를 잡은 뒤, 고향으로 돌아와 그녀와 결혼할 생각이었다. 하지만 사람 마음을 누가 알겠는가. 언제 어떻게 변할지. 결국 그는 다시 돌아와 청혼하게 될지라도 일단은 이별하기로 마음먹었다. 그리워하는 사람보다 기다리는 사람이 훨씬 더 힘든 걸 알기에.

'그래, 어쩌면 그게 최선이었는지도 몰라.'

그는 꽉 붙들어놓고 싶은 욕망을 자제하고 놓아준 자신의 판단이 옳았다는 생각이 들자 마음이 한결 가벼워졌다.

"휴대폰 대리점 한다고 했지?"

"응, 시작한 지 얼마 안 됐어."

"잘돼?"

"그냥 먹고사는 거지, 뭐."

그는 친정집 앞까지 그녀를 바래다주었다. 대문 앞에는 사람 좋기로 소문이 자자했던 초등학교 선배이자, 그녀의 남편이 기다리고 있었다.

"형님, 오랜만입니다!"

"야, 이게 누구야? 정말 반가우이!"

그는 힘주어 손을 꽉 잡았다. 모처럼 기분 좋은 밤이었다.

불가에서는 지구에서 인간으로 태어날 확률이
'1/100경조'라고 합니다.
너무 많은 숫자라서 동그라미가 몇 개인지

헤아릴 엄두조차 나지 않습니다.

엄청난 기연으로 태어나지만

인간답게 살아가기 또한 만만치 않습니다.

타인에 대한 배려보다

나의 생존을 우선시하며 살아온

인간의 이기적인 본성 때문이지요.

사랑할 때도 예의가 있듯, 이별할 때도 예의가 있습니다.

내 욕심만 채우는 건 욕망이지 사랑이 아닙니다.

그리움보다 기다림이 힘들고

만남보다는 이별이 더 어렵습니다.

단 한 순간이라도 진심으로 사랑했다면

이별할 때 최대한 배려해주세요.

우리가 언제 어디서 또다시 만날 수 있겠어요?

훗날 후회하지 말고 멋있게 보내주세요.

끝이 좋아야 모든 게 좋은 거랍니다.

헤어지는 중입니다

"치우 좀 부탁한다."

"여행 가시게요? 이번에는 어디 가시려고요?"

"남해 사는 친구 좀 보려고. 한 사나흘 걸릴 거야."

"무리하지 마세요. 감기 조심하시고, 무슨 일 생기면 곧바로 전화하시고요."

H는 딸의 집에 애완견을 맡기고 돌아섰다.

사실 여행 간다는 건 거짓말이었다. 꼭 만나고 싶은 사람도 몇 안 되지만 만나고 싶은 사람은 이미 다 만났다. 외동딸과 헤어지는 연습을 하는 중이었다.

그는 폐암에 걸렸다. 두 차례 항암치료를 받으며 세상에 머물 수 있는 기간이 얼마 남지 않았음을 직감했다. 몸이 항암제를 이겨내지 못했다. 의사와 상담했고, 퇴원을 결정했다.

집에서 지내다 보니 바닥까지 떨어진 체력이 조금씩 회복됐다. 그는 그때부터 매미처럼 옆에 착 달라붙어 있던 딸을 조금씩 밀어냈다.

"남은 시간, 혼자서 차분하게 정리하고 싶구나. 도움이 필요하면 연락하마."

하루에도 서너 번씩 찾아오던 딸의 방문을 하루에 한 번, 이틀에 한 번, 사흘에 한 번으로 제한했다.

딸의 집을 나온 그는 예전에 살던 아파트 인근 공원으로 갔다.

20여 년 전쯤 되었을까?

가족소풍을 즐겼던 숲을 한동안 바라보았다. 나뭇잎 사이로 따사로운 햇볕이 내리쬐는데, 돗자리에 누워 젊은 아내와 어린 딸이 까르르 웃고 있었다.

아내는 교대 다닐 때 만난 후배였다. 제대하고 복학하니 아내가 있었다. 모딜리아니 그림 속의 여인처럼 선이 고와서 첫눈에 반했다. 쟁쟁한 경쟁자를 물리치고 그녀의 마음을 얻었을 때는 전쟁에서 승리한 나폴레옹이라도 된 기분이었다.

아내는 선천적으로 몸이 허약했다. 낮은 산조차 제대로 타지 못했다. 그래도 모성애만큼은 대단했다. 빈혈에 시달리면서도 모유를 먹여 키웠고, 감기몸살로 몸져누워 있다가도 아이가 학원에서 돌아올 때가 되면 벌떡 일어나곤 했다.

잔병치레를 하던 아내는 딸아이가 중학생이 되던 해에 세상을 떠났다. 눈을 감는 순간까지 어린 딸 걱정이었다.

"나한테 조금도 미안해하지 말고, 꼭 재혼해요. 우리 지수를 위해서!"

"생각해볼게."

"약속해요! 재혼하겠다고."

"알았어, 알았어!"

그러나 아내와의 약속은 끝내 지키지 못했다. 주변에서도 재혼을 권했지만 딸이 사춘기다 보니 누군가를 새로 만나기가 조심스러웠다.

그는 주말에 성당에 나가면 두 가지를 기도했다. 첫 번째는 딸이 건강하게 자라게 해달라는 것과 두 번째는 딸이 결혼할 때까지라도 그 곁을 지키게 해달라는 것이었다.

하느님이 기도를 들어준 걸까. 딸은 건강하게 자라서 대학을 졸업했고, 직장을 다니다가 신랑을 만났다. 사위는 곰처럼 덩치가 컸지만 순했다. 슬하에 아이가 없어서 걱정했는데, 서른 살이 되어서야 자신을 쏙 빼닮은 딸을 낳았다. 하나 더 낳기를 바라는 마음은 굴뚝같았지만 그들의 삶이었다.

이제 그의 바람은 단 하나뿐이었다.

죽어서 세상을 떠나더라도 딸아이가 자신의 애완견 치우를 보면서, '아빠가 잠시 여행을 갔나 보다.' 하고 생각해주기를.

아빠 없는 세상, 씩씩하게 살아가기를.

❖

아무 생각 없이 여름철의 뭉게구름처럼 쉬고 싶을 때가 있다.

그럴 때는 아예 휴대전화조차도 꺼놓고 지낸다. 지인들은 급한 용무가 있으면 메일을 보낸다. 휴대전화를 안 켜도 사나흘에 한 번씩 은 노트북을 켜는 습성이 있다는 사실을 알기 때문이다.

휴대전화를 꺼놓으면 이상하리만치 마음이 편해진다. 매일 가는 숲길을 산책하더라도 휴대전화가 없으면 숲의 변화와 몸 상태, 감정 상태 등을 온전히 관찰할 수 있다. 스르르 다가와 귀엣말을 하고 멀어 져가는 바람의 숨결을 느낄 수 있다.

그렇게 열흘에서 보름 남짓 보내고 나면 몸과 마음이 재충전된 다. 다시 열심히 살아갈 용기와 의욕이 샘솟는다. 그제야 휴대전화를 켜고 세상으로 통하는 문을 열어놓는다.

바삐 일하다가 휴가를 가거나 직장을 그만둔 경험이 있는 사람은 알리라. 내가 자리를 비우면 큰일 날 것 같지만 막상 자리를 비우고 나면, 서운할 정도로 나 없이도 회사가 잘 돌아간다는 사실을.

세상도 그렇다. 내가 보름쯤 자리를 비워도 아무 이상 없다. 설령 내가 이 세상을 영영 떠난다 해도 모두들 무탈하게 잘 살아가리라.

물론 가족은 예외다. 사랑했던 사람이 머물던 자리는 돌아볼 수 밖에 없다. 함께했던 추억이 많을수록 그리움도 커지는 법이므로.

아침에는 서가에서 시집을 뒤적이다, 몇 해 전 세상을 떠난 문병 란 시인의 〈이별연습〉을 발견했다. 첫 연을 읽고서 가슴이 뭉클해져

하늘만 오래도록 올려다보았다.

갑자기 헤어지면
눈물이 날지 몰라
우린 미리 조금씩 헤어지는 거야
날마다 눈물을 아껴
가슴 깊은 데 몰래 감춰두는 거야.

어쩌면 나도 이별 연습을 하고 있는 건지도 모르겠다. 가족이나
지인, 그리고 시나브로 정들었던 이 세상하고.

아직 기회는 많다고요?
그렇지 않답니다.
명심하세요, 지금이 마지막 기회예요.
한 번이라도 더
사랑하는 사람과 함께 식사를 하세요.
한 번이라도 더
사랑하는 사람에게 미소를 보여주세요.
한 번이라도 더

사랑한다고 말해주세요.

한 번이라도 더

가슴 깊숙이 안아주세요.

속마음 모두 털어놓은 뒤

새털 같은 걸음걸음으로 이 세상 건너가세요.

중간에 절대 돌아보지 마세요.

그대와 눈 마주치는 순간,

눈물 한 방울 또르르 흘러내리고

눈물방울에 갇혀

오도 가도 못하는

우주의 미아가 될지도 모르니.

그래도 당신을 사랑합니다

"절대 용서할 수 없어!"

P는 하루에도 수십 번 다짐했다.

그러나 그의 맹세는 바닷가에 쌓은 모래성 같았다. 아무리 단단한 맹세도 추억의 파도가 한차례 휩쓸고 지나가면 흔적도 없이 사라졌다.

그는 슬펐다.

아내를 여전히 사랑하고 있다는 사실이.

아내를 처음 만난 건 20여 년 전이었다.

그는 대학을 졸업하고 대기업에 입사했다. 하루는 거래처에 갔다가 우연히 디자이너로 일하는 아내와 마주쳤다. 하얀 옷 때문이었을까, 살짝 고개 숙였을 때 드러난 목덜미와 그 위에 돋아난 솜털 때문이었을까. 아내의 첫인상은 은초롱꽃처럼 신비롭고 순결했다.

6개월 남짓 쫓아다닌 끝에 교제를 시작했고, 다시 6개월쯤 지나서 프러포즈를 했다. 아내는 며칠만 생각할 시간을 달라며 속을 태우더니 마지못한 듯 프러포즈를 받아들였다.

그가 처갓집에 첫인사를 갔을 때 세 살 남짓한 여자아이가 있었다. 오빠네 부부가 미국에 유학 가면서 맡기고 갔다고 했다. 아이는 유독 아내를 잘 따랐다. 그는 착한 아내가 아이에게 잘해줘서 그런 거려니 여겼다.

결혼 생활은 순조로웠다. 아내는 맞벌이를 하다 3년 만에 아들을 낳았다. 직장을 그만둔 아내는 가사와 육아에 충실했다. 아이가 밤새 보채서 잠을 못 자거나 몸이 아플 때도 아침밥은 꼭 차려주었고, 출근할 때면 항상 칼라가 눈부시도록 하얀 와이셔츠에다 깨끗이 다림질한 양복을 내밀었다. 그렇게 꿈처럼 20여 년이 흘러갔다.

"지금부터 제가 하는 말 잘 들으세요. 화가 나더라도 중간에 말을 끊거나 자리를 박차고 나가지 말고, 끝까지 들어주셨으면 해요. 꼭이요!"

조카 결혼식을 한 달 남짓 앞두고, 아내가 충격적인 사실을 고백했다. 조카가 자신의 친딸이라는 것이었다. 스무 살 때 우연히 만난 남자와 헤어진 뒤 임신 사실을 알았고, 고민 끝에 아이를 낳았다고 했다.

"사실은 당신이 프러포즈했을 때 고백하려 했어요. 그런데 막상 당신 얼굴을 보니 용기가 나지 않았고…자꾸만 미루다가 바보처럼 시기를 놓치고 말았어요. 정말 미안해요!"

천지가 개벽하면 이런 기분일까. 너무 놀라서 그 어떤 말도 생각 나지 않았다. 가슴은 터질 듯이 답답한데, 말은 나오지 않고 눈물만 하염없이 흘러내렸다.

그는 아무 말 없이 집을 나섰다. 두 번 다시 아내의 얼굴을 보고 싶지 않았다. 회사에서 두세 정거장 떨어진 곳에 모텔 방을 잡아놓고 지냈다. 퇴근하면 곧바로 모텔 방으로 돌아와 술을 마셨다.

'어떻게 사람을 감쪽같이 속일 수 있지?'

생각할수록 괘씸했다. 처갓집 식구들과 아내가 짜고서 자신을 농 락했다고 생각하니 분노가 솟구쳤다.

악몽과도 같은 날들이 흘러갔다. 매일 술에 취해 지내던 그는 새 벽에 요의를 느끼고 화장실에 갔다가 거울에 비친 자신의 모습을 보 았다. 그것은 살아 있는 사람의 몰골이 아니었다. 육체는 이미 불타 서 재가 되고, 영혼만 남아 지옥을 서성이고 있었다.

그는 문득, 깨달았다.

아내를 용서해야 한다는 사실을. 아내와 딸아이를 위해서가 아니 라 자신을 위해서. 죽이고 싶도록 밉고, 지난 일을 생각하면 여전히 가슴 아프고 저릴지라도 남은 생을 위해서.

그는 면도하며 거울 앞에서 하염없이 눈물을 흘렸다. 자신의 인 생이 가여워서 울다 보니 그동안 남 몰래 가슴 태웠을 아내가 불쌍했 다. 아내가 가여워서 울다 보니 이번에는 엄마를 고모라 부르며 외조 모 품에서 자란 아이가 불쌍했다. 그는 면도를 하다가 말고 욕실에 퍼질러 앉아 목을 놓아 통곡했다.

　그는 모처럼 집에 들러 깨끗한 양복으로 갈아입었다. 결혼식을
앞둔 아내의 딸을 만나러 레스토랑으로 갔다.

　"고모부, 여기예요!"

　야외 촬영을 마치고 왔다는 아이는 순백의 웨딩드레스 차림이
었다.

　"고모부가 맛있는 것 사준다고 해서 신나게 달려오다 보니 옷 갈
아입는 걸 깜빡했지 뭐예요. 헤헤—."

　아이는 웃고 나니 창피한지 고개를 살짝 숙였다. 하얀 목덜미에
돋아난 보송보송한 솜털을 보고 있으니 아내를 처음 보았을 때가 문
득, 떠올랐다.

　피는 못 속이는 걸까. 아이도 아내처럼 은초롱꽃이었다.

　넋 놓고 바라보다가 순결한 은초롱꽃과 허공에서 눈이 마주쳤다.
그는 뛰는 가슴을 진정시키며 한 글자, 한 글자 힘주어 말했다.

　"나를…아버지로…받아줄 수 있겠니?"

　아이의 눈동자가 흔들렸고, 이슬 같은 눈물방울이 또르르 흘러내
렸다. 은초롱꽃은 두 손바닥에 얼굴을 묻었다. 아이의 꽉 다문 입술
사이로 울음이 비집고 나왔다. 마치 만년설로 뒤덮인 계곡의 얼음이
녹아서 흘러내리듯 그녀의 몸속 깊은 곳에서 오래된 울음이 새어나
왔다.

　그는 곁으로 다가가 아이의 떨리는 어깨를 가만가만 두드렸다.

언제 계절이 또 이렇게 바뀐 걸까. 창밖에는 새하얀 나비가 나풀 거리며 날고, 화사한 봄꽃들이 환하게 미소 짓고 있었다.

계절에 겨울이 있듯이 인생에도 겨울이 있습니다.
마음속에 누군가를 향한 미움이 휘몰아치면
순식간에 모든 것이 얼어붙고 맙니다.
마음의 정원에 가득했던 꽃들은 하나둘 시들어가고
재미있었던 일들도 점점 빛을 잃고 퇴색해갑니다.
인생의 겨울을 보내야 할 사람은 그 사람인데
정작 힘들고 괴로운 사람은 나뿐입니다.

예수님이 "원수를 사랑하라!" 하신 까닭은
나보다 원수를 더 사랑하기 때문일까요?
분명 그건 아닐 겁니다.
이 세상 그 누구보다도 나를 사랑하는 분이시니까요.
미움의 괴물과 싸우면 싸울수록 마음의 상처만 깊어지니
이제 그만 마음을 내려놓으라고 명하시는 겁니다.
마음 편하게 살아가라고.

미움은 나를 지키려는 마음입니다.
내 잘못도 아닌데 나만 탓할 수 없는 일이니까요.

눈물은 억울함을 씻어내는 의식입니다.

정화시켜야만 몸도 마음도 혼돈 상태에서 벗어날 수 있으니까요.

용서는 나 자신에 대한 격려이자

내 인생을 위한 최선의 선택입니다.

어쨌든 인생은 계속되어야 하니까요.

우리는 누군가의 가슴에
발자국을 남긴다

이것도 꿈의 연속일까?

가수면 상태에서 간혹 나 자신을 인간이 아닌 다른 존재로 인식하기도 한다. 때로는 산 정상의 바위나 소나무가 되기도 하고, 때로는 사막이나 초원이 되기도 한다.

산의 일부가 되었을 때는 아래를 내려다보게 되고, 사막이나 초원이 되었을 때는 하늘을 올려다보게 된다. 내려다볼 때는 왠지 모르게 불안하지만 올려다보고 있을 때는 참 편안하다.

잠기운이 서서히 멀어지면서 조금씩 의식이 되돌아와 인간이란 존재로 탈바꿈하지만 그 순간의 느낌은 쉽게 지워지지 않는다.

그날 아침, 나는 해변이 되어 있었다.

한차례 파도가 휩쓸고 간 자리는 평평했고, 물기를 머금고 있었다. 수평선 저편에서는 밀물이 무섭게 밀려오는 중이었다. 해가 질 무렵인지 하늘은 엷은 자주색이었다.

어디선가 짧은 부리에 긴 보라색 꽁지를 지닌 새 한 마리가 날아 왔다. 뒷목에서부터 눈동자 사이에는 노랑 줄무늬가 길게 이어져 있고, 청색과 밤색이 뒤섞인 깃털을 지니고 있었다. 크기는 마치 돌배기 아이의 꽉 쥔 주먹만 했다.

크기나 생김새로 보아 바닷새는 아니었다. 새는 바다를 향해 날아가는가 싶더니 선회해서 내 몸 위로 살짝 내려앉았다.

무서운 속도로 파도가 밀려오고 있는데, 새는 태평하게 아장아장 걸었다. 내 몸에 흐릿한 발자국이 새겨졌다.

도대체 몇 걸음이나 걸었을까? 거대한 파도가 급습하듯이 밀어닥쳤다. 바닷물이 모래와 뒤섞이며 시야가 온통 흐려졌다.

'새는 어떻게 됐을까?'

나는 가수면 상태에서 깨어나며, 내 몸에다 흐릿한 발자국을 새겨놓았던 작은 새 한 마리를 떠올렸다.

신비주의자들은 '세상은 은유로 이루어져 있다'고 믿는다. 그들은 온갖 상징을 통해서 현실 세계를 해석하고, 미래를 예측한다. 나 또한 그런 사람 중 한 명이다.

현실로 되돌아온 나는 제일 먼저 기억을 최대한 되살려냈다. 내가 해변이었을 때 본 것들과 느낌을 하나하나 되짚어나갔고, 난파선처럼 부서진 꿈의 잔재를 통해서 꿈을 복원하기 위해서 안간힘을 썼다.

아침을 먹고 도서관에 갔다. 내가 해변이었을 때 보았던 새의 정체를 찾기 위함이었다. 여러 권의 조류사전을 검색해보았지만 똑같은 새는 찾아내지 못했다.

'그 새는 내게 무엇을 말하고 싶었던 걸까?'

새의 상징성을 해석해보려 했던 나의 시도는 결국 무산되었다.

저녁에는 예매해두었던 〈보헤미안 랩소디〉를 보러 갔다. 영화를 보는 내내 중학교 때 친구인 J를 떠올렸다.

그는 또래에 비해서 덩치가 컸고, 록 음악을 좋아했다. 나는 음악 마니아는 아니었지만 종종 그의 집에서 함께 음악을 듣곤 했다.

하루는 요즘 즐겨 듣는 음악이라며 퀸의 음반을 꺼냈다. 그 무렵은 프레디 머큐리가 에이즈로 죽기 전이었지만 게이라는 소문이 파다하게 퍼져 있었다. 나는 단지 보컬이 게이라는 이유만으로 퀸이라는 그룹을 싫어했다.

"대체 게이 음악은 왜 듣는 거야?"

그러자 친구가 대수롭지 않게 말했다.

"사람이 게이지, 음악이 게이는 아니잖아? 게이를 찬양하는 음악은 아니니까 일단 들어봐, 죽여!"

나는 그날 편견 없는 친구 덕분에 퀸의 대표곡 가운데 하나인 〈보헤미안 랩소디〉를 처음부터 끝까지 들을 수 있었다.

고등학교 2학년 때였던 걸로 기억한다. 누가 먼저 가자고 했는지는 모르겠지만 우린 단둘이서 청평으로 낚시를 갔다. 한창 낚시하고 있는데 몸집이 건장한 청년이 찾아왔다.

"협조 좀 부탁드립니다. 동네 청년회에서 청평호 수질 보호를 위해서 청소비를 걷는 중입니다. 청소비는 두당 이천 원인데, 삼천 원만 받겠습니다!"

그 당시에는 유흥지에 가면 이런저런 이유로 돈을 뜯어가는 사람이 많았다. 줘도 그만이고 안 줘도 그만이었다.

우리는 겁 없는 10대인 데다 둘이었고, 상대는 힘깨나 쓸 것 같은 20대 청년이었지만 혼자였다. 나는 어떻게 해야 좋을지 판단이 서지 않아 친구를 돌아보았다. 친구는 선뜻 지갑을 꺼내서 삼천 원을 건네주었다.

"좋은 일 하시네요! 청평호, 깨끗하게 부탁드립니다."

청년은 돈을 받고 떠나갔다. 그러다 새로운 낚시꾼들이 오면 귀신같이 나타나서는 청소비를 걷어가곤 했다.

조황은 신통치 않았다. 팔뚝만 한 잉어를 꿈꿨지만 가끔씩 잡히는 고기는 피라미였다. 그래도 우리는 즐거운 한때를 보냈다. 카세트에서 흘러나오는 록 음악을 들으며 담배를 피웠고, 출출하면 팔뚝만 한 잉어 대신 새끼손가락만 한 피라미를 손질해 넣고 라면을 끓여 먹었다.

땅거미가 깔리자 주변의 낚시꾼들이 철수했다. 우리도 철수하기 위해 낚싯대를 접었다. 짐을 꾸리다 보니 친구가 보이지 않았다. 한참 뒤 어둠 속에서 온갖 쓰레기를 한 아름 안고 다가왔다.

"야, 뭐 하는 짓이야? 청소비 낸 것도 억울한데…."

"깨끗해서 나쁠 건 없잖아? 다른 사람들이 놀러 와도 기분 좋고…."

만류에도 불구하고 친구는 주변의 쓰레기를 한곳에 모았다. 나는 멀뚱멀뚱 지켜보다가 빠른 귀가를 위해서 친구와 같이 쓰레기를 주웠다.

그는 구덩이를 판 뒤, 모은 쓰레기를 불살랐다. 내가 이제 그만 가자고 재촉했지만 불티가 날아가서 산불로 번질까 걱정됐는지 꼼짝하지 않았다.

불꽃이 제풀에 꺼지기를 기다렸다가 돌아서니 깜깜한 밤이었다. 우린 밤길을 더듬어서 버스 정류장으로 향했다. 친구는 기분이 좋은지 흑인 영가 같은 노래를 흥얼거렸다.

그가 신학대학에 들어갔다는 소식을 들은 것은 대학교 3학년 여름방학 때였다. 모처럼 얼굴이나 보려고 집으로 찾아갔지만 농활을 갔다고 했다.

그 뒤로 그를 까맣게 잊고 살았다. 세월은 빠르게 흘러갔고, 그로부터 20여 년쯤 지났을까. 중학교 동창인 P를 통해서 그가 목사가 되었다는 소식을 들었다.

나는 P의 차를 타고 일산에서 개척교회 담임목사로 있는 그를 찾아갔다. 그의 교회는 번화가가 아닌 외곽에 있었다. P의 설명에 의하면 인근에 몇 집 살지 않아 신도가 스무 명도 채 안 된다고 했다. 목회 활동만으로는 생계유지를 할 수 없어, 아내와 함께 인근 아이들에게 학습 과외를 하고 있는데, 다들 형편이 넉넉하지 못하다 보니 과외비도 주는 대로 받는다는 것이었다.

오랜만에 만난 J는 낯설었다. 기억 속의 그는 담배를 피우며 록 음악을 즐겨 들었고, 가끔 감상에 빠지면 술도 마셨다. 그러나 지금은 술, 담배뿐만 아니라, 성경 말씀에 어긋난 행동은 일절 하지 않는다고 했다.

우린 교회와 붙어 있는 사택에서 잠시 이야기를 나눈 뒤, 음식점으로 자리를 옮겼다. 삼겹살을 안주 삼아 P와 나는 소주를 마셨고, 그는 사이다를 마셨다.

취기가 돌자, P가 술잔을 그에게 건넸다.

"모처럼 만났으니까 한잔해! 중학생도 술, 담배 하는 세상이다. 하느님도 다 이해하실 거야."

그러자 그가 미소를 지으며 대답했다.

"그러면 내가 목사로 살아가는 의미가 없잖아?"

순간, 술이 확 깼다. 방심하고 있다가 야구방망이 같은 걸로 뒤통수를 호되게 후려 맞은 기분이었다.

그날 이후로 '내가 작가로 살아가는 의미는 무엇일까?'에 대해서 곰곰이 생각하곤 한다. 아직까지 명쾌한 답을 찾지는 못했다. 하지만 나는 알고 있다. 그것은 목사인 친구가 내게 준 귀한 선물이라는 것을.

〈보헤미안 랩소디〉를 보고 온 날 밤, 가수면 상태에서 한 마리 새가 되었다. 꿈을 꾸고 있음에도 불구하고 나의 생김새와 깃털, 색깔 등이 궁금했다.

나는 수면 위를 낮게 날고 있었다. 물안개가 수시로 밀려와서 호수인지, 강인지, 바다인지조차도 알 수 없었다. 그럼에도 불구하고 한 가지 사실만은 확신할 수 있었다.

우리는 살아가는 동안 누군가의 가슴에 발자국을 남긴다는 것을.

인류 최초로 암스트롱은 달에 발자국을 남겼습니다.
에디슨은 과학계에, 아인스타인은 물리학계에,
피카소는 미술계에
커다란 족적을 남겼습니다.
유명인은 수많은 사람의 가슴에 머물지만
평범한 사람은 고작해야 몇몇 지인의 가슴에 머물 뿐입니다.
하지만 누구의 향기가 더 아름다운지는
가슴에 품은 자만이 알 수 있습니다.

인류에 공헌하는 삶은 상상만으로도 멋있습니다.
하지만 수많은 사람의 가슴에는 머물지 못할지라도
자신의 신념을 지키며 살아가는 삶 또한
그에 못지않게 멋집니다.
인간은 서로의 가슴에 발자국을 남기며 살아갑니다.
그대가 내 가슴에 아름다운 향기로 남았듯이
나도 그대 가슴에 나만의 향기로 남고 싶습니다.

집착도 사랑일까

막내딸이 출가하자마자 아내는 기다렸다는 듯이 별거를 선포했
다. 가족을 위해서 최선을 다해왔다고 자부했던 P에게는 마른하늘의
날벼락이었다.

"제정신이야? 이제 우리 둘만 남았는데 무슨 놈의 별거야?"

"별거 싫어요? 그럼 이혼해요!"

아내는 준비해놓은 이혼장을 코앞에 들이밀었다.

"아니, 정말 이러기야! 배신도 유분수지, 어떻게 당신이 나한테 이
럴 수 있어?"

"이혼도장 안 찍어줄 거죠? 그럼 우리 일단 별거해요! 내가 나갈
테니까 당신은 이 집에서 살아요."

"흥, 보나마나 남자가 생겼네! 도대체 어떤 놈이야?"

"당신은 그게 문제예요. 단세포 동물도 아닌데, 어떻게 한 가지 생

각밖에 못 해요?"

"그게 한평생 가족을 위해 헌신해온 남편한테 할 말이야? 먹여주고, 입혀줬더니 이제 못 하는 말이 없네! 이 집에서 나가려면 다 남겨놓고 알몸으로 나가!"

그가 결사반대했음에도 불구하고, 회사에서 돌아오니 아내가 보이지 않았다. 아내는 어디로 간다는 말 한마디 없이 홀쩍 떠났다.

아내의 휴대전화로 전화해보았지만 아에 받지 않았다. 사흘이 지나도록 감감무소식이어서 홧김에 경찰서에 가출 신고를 했다. 담당 경찰관은 자초지종을 물어본 뒤 난감해했다. 한 해에 가정불화로 가출하는 청소년만 해도 20만 명이 넘는다는 것이었다. 납치도 아니고, 자발적으로 가출한 성인까지 찾아 나서기에는 인력이 턱없이 부족하다며, 양해해달라고 했다.

그는 사설 심부름센터에다 맡길까 하다가 그만두었다. 그런 식으로 찾아낸들 아내의 마음을 되돌릴 수는 없을 것 같아서였다.

분노와 초조 속에서 시간이 흘러갔다. 열흘쯤 지나자 흥분이 다소 가라앉았다. 그는 냉정하게 현실을 분석해보았다. 이혼이 아닌 별거를 제안한 데다, 아내의 평소 품행을 보았을 때 바람을 피우는 것 같지는 않았다.

'그럼 왜 집을 나간 걸까?'

곰곰이 생각해보았지만 도무지 답을 찾을 수 없었다.

그러다 무심코 전화를 걸었더니 아내가 태연하게 받았다. 그가 흥분된 목소리로 어디냐고 따지자 곧바로 통화가 끊겼다. 똑같은 상황이 반복되었고, 그는 아내가 뭘 원하는지 점차 깨달았다.

다음 날 차분하게 대화를 시도해보았다. 이번에는 아내도 대화에 순순히 응했다. 별거를 고집하는 이유를 묻자, 살아오면서 서운했던 일들을 세세하게 풀어놓았다.

"다 지난 일이잖아? 섭섭한 점이 있었으면 그때 말했어야지, 왜 이제 와서 난리야!"

답답한 마음에 언성을 높이자 아내는 더 이상 대꾸하지 않고 전화를 끊었다. 그 사건 이후로는 아예 일주일이나 전화를 받지 않았다.

그는 최대한 이성을 유지하려고 노력하며 아내와 통화했다. 아내의 불만에 귀를 기울이다가 한번은 홧김에 혼잣말처럼 욕설을 내뱉었다. 그러자 아내는 무려 열흘이나 그의 전화를 외면했다.

"너희 엄마 왜 그러냐? 너희들이 잘 좀 설득해서 집으로 들어오라고 해!"

불편하기도 하고, 답답하기도 해서 아이들에게 하소연해봤지만 소용없었다.

"부부 일인데 당사자가 해결하셔야죠, 저희가 뭘 할 수 있겠어요?"

"매정한 것들! 알았다, 알았어."

서운함은 이루 말할 수 없었지만 자식들에게 분풀이를 할 수는 없는 노릇이었다.

그는 울적했다. 퇴근 후면 습관처럼 마트에 들러서 간단하게 장을 봐왔다. 음식을 만들어서 텔레비전을 보며 밥을 먹다 보면 분노와 뒤섞인 슬픔이 치밀어 오르곤 했다.

'도대체 내가 뭘 그렇게 잘못했다는 거야?'

대충 허기를 달랜 뒤 설거지를 하고 나면 아내 생각이 났다. 언성을 높이면 곧바로 끊을 게 빤하므로, 눈을 감고 잠시 명상을 한 뒤에 전화를 걸었다. 어떤 날은 1분 만에 끊었고, 어떤 날은 이런저런 이야기를 하다가 20분도 넘게 통화하곤 했다.

아내가 변했다.

그가 알던 아내는 숫기가 없고 조신한 여자였다. 말주변도 없는데다 소심해서 그가 언성을 높이면 눈도 제대로 맞추지 못했다. 그런데 전화기 저편의 아내는 믿기지 않을 만큼 당당했고, 말도 조리 있게 잘했다.

아내와 1년 남짓 전화로만 대화를 나눴다. 그는 전혀 몰랐던 새로운 사실을 알게 되었다. 그를 가장 놀라게 한 것은 생각의 차이였다. 그가 아내를 '사랑하기 때문에 행한 모든 일'을 아내는 '사랑이라는 이름으로 행한 폭력'으로 규정했다.

남자와 여자 사이에는 친구가 존재할 수 없다는 것이 그의 생각이었다. 그래서 그는 아내의 대학 동창들과의 모임은 물론이고, 향우회나 동창회에 참석하는 것조차 금지했다. 반면 그는 인맥을 관리한다는 명분하에 향우회도 참석했고, 동창회에 나가서 동갑내기 여자들과 밤늦도록 술을 마셨다.

또한 그는 아내가 여자친구들과 어울리는 것마저 못마땅하게 여겼다. 어떤 친구는 옷차림이 헤프다고, 어떤 친구는 남자를 홀리게 생겼다는 이유로, 그들과의 만남조차 반대했다.

"대체 뭐가 외로워서 저 지랄이야? 남편과 자식들이 있는데!"

그는 드라마에서 외로워하는 중년 여인을 보면 모두지 이해할 수 없었다. 그러나 아내도 드라마 속 인물과 똑같은 말을 했다.

자신의 생각과 조금만 달라도 언성을 높이는 남편, 직접적인 폭력을 가하지는 않았지만 폭력적인 분위기 때문에 숨조차 제대로 쉴 수 없는 환경 속에서 속으로 무수히 많은 눈물을 삼키면서 자신의 자유의지와는 상관없이, 반평생을 남편과 아이들만 바라보며 고독한 삶을 살아왔노라고.

'무슨 개소리야!'

그는 인정할 수 없었다. 아니, 깊이 생각하고 싶지도 않았다. '그릇과 여자는 밖으로 내돌리면 금이 간다'는 속담도 있지 않은가. 아내가 불만을 터뜨린 모든 것들은 '물가에 내놓은 아이' 같아서, '사랑하기 때문에 어쩔 수 없이' 행한 조치들이었다.

그럴 때면 아내는 깊은 한숨을 내쉬었고, 당신과 나 사이에는 건널 수 없는 강이 놓여 있다고 했다.

이혼은 하지 않았으니 여전히 부부였다. 그러나 부부라고도 할 수 없고, 타인이라고도 할 수 없는 상태에서 3년이 흘러갔다.

하루는 밤늦게 혼자서 술을 마시다 보니 아내의 목소리가 환청처럼 들려왔다. 어쩌면 아내의 말이 옳을지도 모른다는 생각이 들었다.

그는 최대한 객관적인 시선으로 아내와 함께했던 날들을 찬찬히 돌아보았다. 사실 그것은 사랑이라기보다는 소유욕이나 집착에 가까웠다. 아내는 '하나의 인격체'가 아닌 '내 여자'였고, '사랑하는 사람'이 아닌 '내 것'이었다.

뒤늦게 그는 후회의 눈물을 흘렸고, 마음이 바뀔세라 전화를 걸어서 용서를 빌었다.

"…날개를 달아주지는 못할망정…당신의 날개를 내 손으로 잘랐어. 사랑한다면…그래서는 안 되는 거였어. 미안해…."

전화기 저편의 아내는 숨조차 쉬지 않았다.

그로부터 한 달 뒤, 그는 아내에게 전화를 걸어 정중하게 데이트 신청을 했다. 잠시 망설이는가 싶더니 데이트 신청을 받아주었다.

약속했던 주말이 왔다. 그는 말끔하게 정장을 차려입고 꽃집에 들렀다. 아내가 좋아하는 꽃을 사고 싶었지만 무슨 꽃을 좋아하는지 도무지 생각나지 않았다. 아이들에게 물어볼까 하다가 그만두었다. 이제부터 하나씩 알아가도 늦지 않으리라.

"순수한 사랑이라는 꽃말을 지닌 꽃은 없나요?"

"왜 없겠어요?"

꽃집 주인은 미소를 지으며 새하얀 백합을 포장해주었다. 그는 꽃다발을 품에 안고 꽃집을 나섰다.

걸음을 옮기다 보니 손바닥에 땀이 났고, 점점 약속 장소가 가까워질수록 처음 아내와 데이트를 했을 때처럼 심장이 두근거렸다.

사랑할수록 소유욕은 깊어지고 집착도 커집니다.
많은 이들이 사랑이라는 이름으로
보이지 않는 크고 작은 폭력을 휘두릅니다.
사생활을 감시하고, 올가미로 묶어서 나만 바라보게 하면서도
행여 관계가 깨어질까 봐 전전긍긍합니다.

로마제국의 사상가였던 세네카는
『행복한 삶에 관하여』에서 이렇게 말합니다.
"진정한 행복은 행복에 집착하지 않을 때 찾아온다."
사랑도 마찬가지입니다.
집착에서 벗어날 때 비로소 사랑이 찾아옵니다.

사랑은 사냥이 아닙니다.
잡으려 하면 할수록 달아나는 게 사랑입니다.
집착은 사랑이라는 가면을 쓴 이기심입니다.
내 감정만 앞세우지 말고 상대방의 감정도 존중하세요.
사람을 개조하려 하지 말고, 그 자체를 사랑하세요.

말 한마디로 밝히는 세상

인간은 살아가는 동안 여러 가지 길을 만난다.

화사한 꽃길이나 고속도로처럼 시원하게 뚫긴 길을 걷기도 하고, 외로움에 떨며 사막을 홀로 걷기도 하고, 한 치 앞도 보이지 않는 깜깜한 동굴 속을 걷기도 한다.

"다 왔어, 힘내자!"

"넌 참 대단해! 그 먼 길을 걸어오다니."

지쳐 있을 때는 누군가 건넨 따뜻한 한마디가 춥고 외로운 마음을 덮혀준다. 굽은 등과 꺾이려는 무릎을 바로 세워준다.

다시 세상을 살아갈 용기를 준다.

❖

마리안 앤더슨(1902~1993)이라는 미국의 전설적인 알토 소프라노
가 있다.

그녀는 가난한 흑인 부모 밑에서 장녀로 태어났다. 아버지는 그
녀가 열 살 되던 해에 아내와 어린 세 딸을 남기고 눈을 감았다.

아름다운 목소리와 풍부한 성량을 갖고 태어난 그녀는 여섯 살
때부터 교회 성가대에서 노래했다. 그녀의 노래를 들은 교인들은 하
느님의 은총과 함께 풍부한 영감을 받았다. 그러자 여덟 살 때부터는
다른 지역 교회에서 앞 다투어 초청하기에 이르렀다.

일찍부터 주변 사람들로부터 재능을 인정받은 그녀는 성악가를
꿈꾸었다. 그러나 현실은 그 꿈을 허락하지 않았다. 성악가가 되려면
정식으로 음악 교육을 받아야 하는데 가난한 집안 형편 때문에 감히
엄두도 낼 수 없었다.

교육비를 마련하기 위해 고심하던 어머니는 그녀를 설득했다. 초
청받아서 노래를 부를 때는 5달러씩 받으라며.

학비가 마련되자 그녀는 음악 학교에 지원했다. 그러나 담당 직
원은 오디션을 볼 기회조차 주지 않았다. 자신들 학교에서는 흑인은
아예 뽑지 않는다고 했다.

순간, 하늘이 무너져 내리는 기분이었다. 그녀는 한마디 말도 할
수 없었다. 냉혹한 현실 앞에서 그녀가 할 수 있는 일은 돌아서서 학
교를 나오는 것뿐이었다.

실의에 빠져 있는데 어머니가 다가와 안아주었다.

"아가야! 너무 슬퍼하거나 좌절하지 말렴. 찾아보면 분명 다른 방법이 있을 거야."

어머니의 따뜻한 음성에 그녀는 다시 용기를 냈다.

앤더슨이 다니던 교회의 교인들은 교육비를 모금했다. 그녀는 스물여덟 살이 되어서야 정식으로 레슨을 받을 수 있었다. 유명한 성악 교사인 주세페 보게티를 소개받았는데, 그녀의 목소리에 매료된 그는 1년 동안 무료 강습을 해주었다.

그해 여름, 앤더슨은 뉴욕 필하모닉 오케스트라에서 후원하는 콩쿠르에 나갔다. 우승자에게는 뉴욕 필하모닉 오케스트라와 협연할 수 있는 기회가 주어졌다. 그녀는 300명의 쟁쟁한 경쟁자들을 물리치고 우승을 차지했다. 이어진 협연 공연 또한 성공적으로 끝나자 그녀는 유명 인사가 되었다.

그로부터 3년 뒤인 1928년 카네기홀에서 생애 첫 독창회를 가졌다. 인종 차별로 인해 흑인 오페라 가수가 전무하던 시절이었다. 그러나 백인 비평가들은 그녀의 편이 아니었다. 그녀의 목소리는 소프라노도, 메조소프라노도, 알토도 아니라고 혹평했다.

냉담한 비평가들의 반응에 그녀는 좌절했다. 실의에 빠져 있는데 어머니가 등을 두드려주었다.

"자랑스러운 내 딸! 아주, 잘했어. 너도 알지? 엄마를 비롯해서 수많은 사람들이 너의 노래를 좋아한다는 사실을. 모든 사람에게 칭찬받을 필요는 없단다!"

어머니의 말에 그녀는 마음을 추스를 수 있었다. 다시 용기를 낸 그녀는 무대에 올랐고, 자신의 노래를 좋아하는 사람들을 생각하며 노래를 불렀다.

앤더슨은 1930년부터 유럽 순회공연을 가졌다. 공연은 성황리에 치러졌다. 그녀의 목소리에 반한 작곡가 시벨리우스는 가곡 〈고독〉을 헌정했으며, 토스카니니는 "백 년에 한 명 나올까 말까 한 목소리"라고 격찬했다.

그러나 미국의 반응은 여전히 차가웠다. 1939년 미국의 헌법기념홀에서 공연을 가지려 했으나 피부색을 문제 삼은 보수 여성 단체의 반대로 무산되었다. 결국 그 결정에 반대한 시민들의 주선으로 링컨기념관에서 연주회를 가졌는데, 그 당시로서는 경이적인 7만 5000명의 관중이 모여들었다. 이 일을 계기로 그녀는 흑인 인권운동가로도 명성이 자자해졌다.

1955년에는 흑인으로서는 처음으로 뉴욕메트로폴리탄 오페라단에 입단하여 백인들의 영역이었던 오페라 무대를 밟았다.

1999년 미국 ABC 방송은 20세기에 발자취를 남긴 분야별 100명의 여성을 발표했는데 마리안 앤더슨은 문화 예술 분야에서 최고의 인물로 뽑혔다.

평범했던 흑인 소녀가 20세기 최고의 인물이 되기까지는 어머니의 격려가 컸다. 그녀가 좌절해 있을 때면 어머니는 늘 이렇게 말했다.

"괜찮아, 괜찮아! 넌 아주 잘하고 있어."

언제나 그녀의 편이 되어주었던 어머니의 따뜻한 음성은 그녀의

가슴속을 환히 밝혔고, 다시 시작할 용기를 불어넣어 주었다.

말을 달리게 하는 것은 채찍이지만

인간을 달리게 하는 건 칭찬입니다.

세상에는 두 부류가 있습니다.

비판하는 사람과 칭찬하는 사람.

과일나무가 열매를 맺으려면 비바람도 중요하지만

그보다 더 중요한 건 따뜻한 햇볕입니다.

햇볕을 쬐지 못한 열매는 이내 썩어버리니까요.

꾸중과 비판만 받으며 자란 아이는

타인의 눈치만 살피느라 자신의 능력을 제대로 펴지 못합니다.

정말로 사랑한다면 잘못했더라도

꾸짖지 말고 안아주세요.

오늘 무심코 뱉은 한마디가

내 생의 마지막 말이 될 수도 있습니다.

어둡고 차가운 말이 불행한 인생을 만들고

밝고 따뜻한 말이 행복한 인생을 만듭니다.

마음이라도 편하게
살아볼까 합니다

"미안하다, 불쑥 찾아와서."

"우리 사이에 무슨 그런 섭섭한 말씀을. 모처럼 선배 얼굴 보니까 좋네요!"

걱정했던 것보다 K의 표정이 밝았다.

늦은 저녁을 먹고 그의 집으로 갔다. 바닷가에 위치한 낡은 집이었다. 블록으로 지은 담장에는 금이 가 있고, 철대문은 금방이라도 쓰러질 듯 기울어져 있었다.

"방치되어 있던 빈집인데, 주인 허락받고 임시로 쓰는 거예요."

안채는 기역자 형태였다. 대청마루를 지나 안방으로 들어갔다. 난방이 안 되는지 방바닥에서 한기가 올라왔다. 그는 밖에서 주로 지내다 보니 보일러를 안 켜서 그렇다며 변명처럼 말했다.

스위치를 눌러 보일러를 켰고, 반으로 접어놓은 전기장판을 편

66

뒤, 그 위에다 얇은 담요를 반듯하게 깔았다.

"선배, 여기서 주무세요. 전 건넛방에서 잘 테니까."

들어오면서 슬쩍 들여다본 건넛방은 창고였다. 청소하려면 시간이 제법 걸릴 것 같아서 같이 자자고 붙잡았지만 한사코 사양했다. 피곤할 텐데 편하게 쉬라며 안방을 나갔다.

나는 따뜻한 온기가 느껴지는 전기장판에 누워, 천장의 꽃무늬 벽지를 멀뚱멀뚱 바라보았다. 여행 온 김에 얼굴만 보고 가려 했는데 민폐를 끼친 건 아닌지 걱정스러웠다.

그는 3남 1녀 중 둘째였다. 대학을 졸업한 뒤 한동안 잡지사 프리랜서로 일했다. 그러다 훌쩍 배낭여행을 떠났다가 반년쯤 지나서 돌아왔다. 한동안 빈둥거리는가 싶더니 철제 프레임 공장을 운영하던 부친 밑으로 들어갔다. 10년 남짓 지나 아버지가 지병으로 세상을 떠나자 차남이었던 그가 사업체를 물려받았다.

그는 아버지와 달리 공격적인 경영을 했다. 주문생산 방식에서 벗어나 직접 조립식 책상이나 테이블을 만들어서 팔았다.

좋았던 시절도 있었지만 국내 경기가 나빠지자 사업도 점차 기울었다. 사업체를 정리한 것은 3년 전이었다. 그로부터 얼마 뒤, 이혼하고서 서울을 떠났다는 소식이 들려왔다.

나는 원고를 마감하자마자 홀로 여행을 떠났다. 3월 중순이었지만 바람은 차가웠다. 차를 몰고 이리저리 돌아다니다 근사한 해변을 발견했다. 주차장에 차를 세우고 해변을 천천히 걸었다. 매서운 봄바람 속에서 구겨진 종이뭉치처럼 허공에서 흩날리고 있는 갈매기 떼를 본 순간, 문득 그가 떠올랐다.

사람이 그리웠던 걸까. 전화를 했더니, 머나먼 이국땅에서 친형제라도 만난 듯 반겼다.

"원고 마감하느라 고생하셨을 텐데, 며칠 쉬었다 가세요."

다음 날, 아침밥만 먹고 떠날 계획이었는데 그가 붙잡았다.

"오전이면 일 끝나니까 슬슬 돌아보고 계세요. 오후에는 제가 좋은 곳으로 안내할게요."

"무슨 일 하는데 오전에 끝나?"

"수산물을 경매로 매입해서 음식점에 납품하고 있어요."

"돈은 좀 돼?"

"큰돈은 안 돼도 먹고살 만은 해요."

새벽에 경매장에 갔다 왔다는 그는 아침을 먹고 다시 나갔다. 그 사이에 나는 늘어지게 잠을 잤고, 그가 흔들어 깨워서 함께 점심을 먹었다. 그런 다음 그와 함께 인근 관광지를 돌아보았다.

다음 날도 그는 점심 무렵에 돌아왔다. 우리는 방파제로 나가 낚시를 했다. 우럭과 볼락이 심심찮게 올라왔다. 집으로 돌아오자 그가 손수 회를 쳤고, 매운탕을 끓였다.

"어때요? 먹을 만해요?"

"맛있는데!"

"그래요? 크크— 요리는 지능이라는데 제가 머리가 좀 좋거든요."

그가 환하게 웃으며 너스레를 떨었다.

선입견 때문이었을까. 나는 그를 만났을 때 얼굴보다 더 큰 미소가 가짜라고 생각했다. 아버지로부터 물려받은 사업을 말아먹고, 아내와 이혼하고, 낯선 항구도시에서 혼자 살아가는 사람이 지을 수 있는 미소가 아니었다. 그러나 함께 지내다 보니 진짜일지도 모른다는 생각이 들었다.

술이 몇 잔 들어가자 그는 지난 일들을 술술 털어놓았다.

"다들 사업이 망해서 이혼한 걸로 아는데, 사실은 이혼이 먼저였어요."

사업이 부도나리란 걸 제일 먼저 눈치챈 사람은 아내였다. 그의 아내는 두 아이의 교육을 위해서라며 이혼장을 내밀었다. 더 늦기 전에 살고 있는 집과 적금, 보험금, 귀금속, 살림살이라도 건져야겠다는 것이었다. 극심한 스트레스로 인해 지칠 대로 지쳐 있었던 그는 순순히 도장을 찍어주었다.

이혼하고 나서도 반년을 더 버텼다. 그러다 문득, 빚이 눈덩이처럼 불어나고 있다는 사실을 깨달았다. 그는 마주치는 세상의 모든 신들에게 간청했다. 제발 부도만은 막아달라고. 화단의 꽃을 보면 꽃의 신에게 빌었고, 국밥을 먹을 때면 국밥의 신에게 빌었고, 개가 어슬렁거리며 지나가면 개의 신에게 빌었다.

그러나 급속도로 몸집을 키워나가는 빚을 막을 재간이 없었다. 그는 한계를 절감하고, 빠르게 사업체를 정리해나갔다. 사무실을 빼고 재고를 땡처리해서 밀린 임금을 지불했고, 아버지의 혼이 숨 쉬는 공장을 팔아서 빚잔치를 했다.

"사업을 정리하고 난 뒤에야 내가 살아왔던 삶을 돌아볼 수 있었어요. 나는 도대체 무엇을 위해 그토록 가슴 졸이며 살았나?"

그는 '가족의 행복을 위해서'라고 생각했는데, 곰곰이 생각해보니 가족 중에도 행복한 사람은 아무도 없었다. 아내는 아내대로, 아이들은 아이들대로 불행했던 시절이었다.

"돈이란 게 말 그대로 씨가 마르더라고요."

방 얻을 보증금조차 없어서 사우나탕이나 만화방을 전전해야만 했다. 그러던 중 예전에 돈을 빌려줬던 친구에게 전화가 왔다. 사업이 기울 때 몇 차례 하소연을 했는데 이제야 가까스로 돈을 마련했다는 것이었다.

하늘이 무너져도 솟아날 구멍은 있구나, 싶었다. 그는 오피스텔을 반전세로 얻었다.

3개월쯤 지났을까. 새로운 일거리를 찾고 있는데 형수에게서 전화가 걸려왔다. 어머니가 심장이 안 좋다고 했다. 의사는 심장 수술을 권하는데 수술비가 엄두가 안 나서 어떻게 해야 할지 모르겠다는 것이었다.

그는 오피스텔 옥상을 밤새 서성이며 고민했다. 끼니를 걱정할 정도로 못사는 형제는 없었다. 그렇다고 수술비를 턱하니 내놓을 정도로 잘사는 형제도 없었다. 자신이 외면해도 어머니 수술비는 어떻게든 해결이 될 터였다. 하지만 더 이상 모르는 채 눈감고 싶지 않았다. 그는 결국 오피스텔을 빼기로 마음을 정했다.

"사실 사업하는 동안에도 어머니에게 잘해드리지 못했어요. 여윳돈이 없었다기보다는 마음의 여유가 없었던 거죠."

그는 씁쓰름한 미소를 지었다.

"형하고 동생들도 있는데 어려운 형편에 무리했네."

"바닥을 쳐야 올라간다고 하잖아요? 바닥까지 가보고 싶었나 보죠, 뭐."

"그것도 일종의 자학 아닌가?"

"솔직히 고백하면 마음이라도 편하게 살고 싶었어요. 아버지가 물려준 사업을 말아먹고, 어머니 수술비조차 대지 못하는 형편없는 자식으로 전락했다는 자괴감에 빠지는 것보다, 차라리 그 편이 낫겠다 싶었죠."

나는 왠지 그 심정을 알 것 같아서 고개를 끄덕였다.

"원무과에 들렀다가 병원을 나서는데 햇살이 어찌나 곱던지! 진짜 지갑에는 만 원짜리 한 장 없는데도 마음이 너무 편한 거예요. 그때 결심했죠! 비록 삶이 내 뜻대로 흘러가지 않더라도 마음만은 편하게 살자고."

나는 그가 퍽퍽한 삶에도 불구하고, 몇 년 만에 만난 나에게 왜 그토록 지극정성으로 대했는지 비로소 알 것 같았다.

지난 추억을 더듬으며 우리는 만취했고, 안방에서 함께 엉켜서 잤다. 새벽에 목이 말라서 잠에서 깨어난 나는 물을 한 잔 마신 뒤, 그의 얼굴을 오래도록 들여다보았다.

신은 시련을 주었지만 그는 좌절하지 않았다. 시련을 겪으며 정신적으로 한층 더 성숙해졌다. 그는 많은 것을 잃은 대신 마음 편하게 살아가는 길을 찾았다. 그 길은 예전의 삶에서는 미처 발견하지 못했던 것이었다.

손익계산을 좋아하는 사람들은 그 가치를 알고 싶어 하리라. 하지만 단순하게 세상의 잣대로 그 가치를 잴 수는 없다. 숲으로 난 새하얀 눈길을 걸어본 사람만이 그 행복을 알 수 있듯이, 몸소 체험해본 사람만이 그 가치를 알리라.

진정한 자유에 이르는 데는 많은 것이 필요하지 않다. 세상살이도 그렇다. 우리는 불필요한 짐을 이고 지고 험난한 길을 자청해서 가고 있다.

내려놓으면 편안한 것을.

세상 일이 뜻대로 잘 안 풀리죠?

그냥 그러려니 하세요.

우리는 신처럼 완벽한 존재가 아니랍니다.

할 만큼 해봤는데도 끝내 안 풀리면

이제 그만 내려놓으세요.

아쉽지만 포기하세요.

그래야 새로운 기회를 잡을 수 있답니다.

경제적으로 큰 손실을 봤다고요?

아까운 시간만 허비했다고요?

건강만 나빠졌다고요?

그러니 마음이라도 편하게 사세요.

행복은 마음속에서만 꽃을 피운답니다.
오늘은 가슴 졸이게 했던 모든 걸 내려놓고
행복의 꽃향기에 흠뻑 취해보세요.
졸음이 오면 한잠 주무세요.
깨어나면 또 다른 세상이 펼쳐질 거예요.

딸에게 쓰는 편지

　　외국계 증권사 부장인 U는 기러기아빠다. 아내와 외동딸은 초등
학교 4학년 때 미국으로 단기 어학연수를 갔다가, 마음에 든다며 아
예 그곳에 눌러앉았다.

　　혼자서 생활한 지 6년. 익숙해질 법도 하건만 가족이 늘 그리웠
다. 매일 화상 통화를 해도 그리움은 여전했다. 특히 주말이 되면 그
리움은 황소개구리처럼 부풀어 올랐다.

　　가족을 다시 만날 날만 손꼽아 기다리던 그는 딸의 여름방학이
시작될 즈음에 맞춰 휴가 신청서를 냈다.

　　출국을 나흘 남겨두고 아내에게 전화가 걸려왔다. 은수가 복통을
호소해 응급실에 갔다가 급성 맹장 수술을 받았다고 했다. 다행히도
수술은 잘 끝났으니 걱정하지 말라는 것이었다.

　　마음이 조급해졌다. 아내와 통화를 마친 그는 곧바로 여행사에

전화를 걸어서 항공권 교체가 가능한지 문의했다. 그의 항공권은 3개월 전에 끊어놓은 데다 다른 나라를 경유해서 가는 할인 항공권이었다. 적잖은 비용을 추가로 지불해야 했지만 두 눈 질끈 감고 항공권을 교체했다.

그 바람에 원래 예정했던 것보다 이틀을 앞당겨서 미국에 도착할 수 있었다. 공항에서 택시를 잡아탄 그는 곧바로 병원으로 달려갔다.

은수는 병실에 누워 있고, 아내가 그 옆을 지키고 있었다. 아내와 수척해진 딸을 보는 순간, 눈물이 핑 돌았다.

아내가 잠깐 자리를 비운 사이에 그는 은수의 손을 꼭 잡았다.

"미안해! 아빠가 아플 때 함께 있어주지 못해서."

그러자 은수가 무덤덤하게 말했다.

"괜찮아, 아빠! 아빠는 내가 첫 생리를 했을 때도, 내가 발목이 부러져 깁스를 했을 때도, 내가 남자친구와 헤어졌을 때도 내 곁에 없었잖아? 내가 힘들어할 때 한 번이라도 아빠가 곁에 있었어야지 그 차이를 알지."

"어? 생각해보니, 그러네. 우리 딸, 기억력 좋은데!"

아무렇지도 않은 척 미소 지었지만 그는 내심 큰 충격을 받았다. 풍족하게 돈을 보내주지는 못했어도 최선을 다해 뒷바라지하고 있다는 자부심 하나로 버텼는데, 그 자부심마저도 산산조각이 나는 순간이었다. 전화로 일상적인 안부를 주고받을 때는 몰랐는데 막상 마주 보고 대화를 나누다 보니 보이지 않는 벽이 느껴졌다.

다음 날 은수는 퇴원했다. 그는 함께 있는 동안 은수의 마음을 얼기 위해 노력했다. 인터넷을 뒤져가면서 초콜릿과 쿠키를 만들었고, 함께 영화를 보러 다녔고, 수없이 넘어지면서도 딸과 함께 롤러스케이트를 탔다.

차를 몰고 가족 여행을 할 때는 매일 밤 손수 발을 씻겨주었고, 수건으로 꼼꼼히 닦은 뒤에는 발이 참 예쁘다며 그 발에 입을 맞췄다.

열흘 남짓한 휴가 동안 딸에게 조금이라도 더 다가가려고 노력했지만 좀처럼 마음을 열어주지 않았다. 종일 휴대전화를 들여다보며 누군가와 문자를 주고받거나 게임을 했다.

귀국 전날 밤, 그는 딸에게 처음으로 편지를 썼다. 왠지 어색하고 낯간지러워서 군대에 있을 때도, 아내와 연애할 때조차도 써본 적이 없었던 편지였다.

최대한 담백하고 간결하게 마음을 전하려 했는데 쓰다 보니 감정이입이 되면서 점점 길어졌다.

산부인과 대기실에서 초조히 서성이다 처음 보았을 때의 기쁨, 밤과 낮이 바뀌어서 퇴근 후 등에 업고 놀이터를 밤새 서성였던 일, 뒤집기를 처음 했던 날, 펭귄처럼 뒤뚱거리며 걸음마를 시작했을 때의 환희, 침대에서 떨어져 이마에 상처가 났을 때 얼마나 놀랐는지 처음으로 아내에게 큰소리를 쳤던 일, 유치원복을 입고 빨간 가방을 둘러멨을 때의 사랑스러운 모습, 어버이날 유치원에서 크레용으로 꼬불꼬불한 글씨체로 써온 '아빠 돈 버시느라 수고 많으시죠? 사랑해요!'라는 편지를 도화지가 너덜너덜해지도록 양복 안주머니에 넣고 다녔던 일, 한창 뛰어놀아야 할 초등학생이 밤늦게까지 학원을 전전하는 모습을 보았을 때의 안쓰러운 마음, 단기 유학이 장기 유학으로 바뀌었을 때의 섭섭함과 함께 밀려들던 안도감, 주말이 되면 견딜 수 없는 허전함에 시작하게 된 등산, 돌탑을 마주치거나 산 정상에 오를 때마다 산신령에게 올리는 기도문, 맹장 수술을 받았다는 전화를 받았을 때의 놀란 가슴, 아빠로서 딸에게 바라는 희망사항, 마음만큼 잘해주지 못하는 데서 오는 미안함 등등….

A4 용지로 다섯 장이나 되는 두툼한 편지를 책갈피 사이에 끼워 놓고, 그는 다음 날 담담한 표정으로 아내와 딸의 배웅을 받으며 귀국길에 올랐다.

그는 휴가가 끝난 뒤면 어김없이 찾아오는 허전함에 한동안 시달렸다. 식욕도 사라졌고, 일에 대한 의욕도 뚝 떨어졌다.

후유증에 시달리고 있는데 놀랍게도 은수에게서 전화가 걸려왔다. 딸아이가 먼저 전화를 건 것은 처음이었다.

"은수구나! 잘 지내지?"

반가워서 재빨리 말을 건넸지만 은수는 아무 말이 없었다. 가만히 귀를 기울이니 울먹이는 소리가 들려왔다. 뒤늦게 편지를 읽은 듯했다.

은수는 한참 뒤에야 입을 열었다.

"아빠, 미안해…. 나만 생각해서…."

순간, 코끝이 찡했다. 아빠와 딸 사이에 놓여 있던 장벽이 거짓말처럼 사라진 것을 느낄 수 있었다.

아내의 말에 의하면 그날 이후로 은수는 많이 달라졌다고 했다.

그토록 잔소리를 해도 들은 척도 하지 않더니, 자발적으로 모든 일들을 척척 해나간다고 했다.

편지 한 통이 은수를 변화시킨 셈이었다.

❖

"눈빛만 봐도 알 수 있어요!"

사랑을 과신하는 연인들은 말하지 않아도 상대방의 마음을 알 수 있다고 말한다.

과연 그럴까?

인간은 지극히 이기적이어서 타인의 마음을 읽는 능력은 젬병이다. 오죽하면 남의 손에 박힌 가시보다 내 손에 난 거스러미가 더 아프다고 하겠는가.

말하지 않아도 알 수 있다는 것은 착각이다. 이런 착각은 관계가 좋을 때는 문제되지 않지만 관계가 악화되면 갈등을 증폭시키는 요인이 된다.

어머니가 자식을 생각해서 "나는 고기보다는 나물이 좋으니까 너희들이나 많이 먹어라"라고 말하면, 자식들은 어머니의 속마음을 헤아리는 대신 '어머니는 채식주의자구나'라고 자기들 마음 편한 쪽으로 해석한다.

가까워지려면 마음을 서로 주고받아야 한다. 일방적으로 한쪽이

퍼주기만 하면 다른 한쪽은 처음에는 고마워하다가도 시간이 지나면 당연시 여긴다. 상대방의 희생을 자신의 권리로 해석해버린다.

가족 간의 대화가 필요한 이유도 이 때문이다. 서로의 속마음을 알아야 상대방에 대해서 생각하게 되고, 가족이나 사랑의 의미를 스스로 깨달을 때 비로소 진정한 가족이 된다.

서로의 마음을 알 수 있는 가장 보편적인 방법은 대화다. 적당한 분위기를 조성해서 대화를 나누면 이해의 폭을 넓힐 수 있다.

부부나 친구 같은 경우에는 분위기를 조성하기도 쉽다. 그러나 부모 자식이나 직장 상사나 부하직원 같은 경우에는 세대 차이가 나는 데다 성격도 다를 경우, 대화 분위기를 조성하기가 만만치 않다.

그런 경우 편지는 마음을 전하는 좋은 수단이다. 신세대들은 장문의 문자 메시지를 '꼰대의 특징'으로 분류하는 경향이 있다. 장문의 메시지를 자주 보내는 것은 오히려 역효과를 가져올 수 있다. 반면 손편지는 쓰는 사람이 많지 않아서 받아볼 기회도 거의 없기 때문에 오히려 기억에 남는다.

편지를 쓸 때는 지나친 욕심은 경계해야 한다. 아무리 가까운 사이라도 한꺼번에 많은 단점을 지적해서는 안 된다. 단점을 지적당하면 기분도 나쁘고 자신감도 사라진다. 장점을 열 개 정도 열거했다면 개선했으면 하는 단점은 한두 개 정도가 적당하다.

사랑을 받고 자라면 감성이 풍부해진다. 누군가에게 특별한 사랑을 받고 있다는 느낌이 그 사람을 특별하게 만든다. 특히 편지에는 쓰는 이의 정서가 깃들어 있어서 읽는 이의 마음을 풍성하게 한다.

오늘은 사랑하는 사람에게 손 편지를 써보세요.

무슨 말을 해야 할지 모르겠다고요?

일상적인 안부부터 시작하세요.

'날씨가 추운데 옷은 따뜻하게 입고 다니니?'

'요즘 공부하느라 많이 힘들지?'

항상 지켜보고 있다는 사실을 슬쩍 고백하세요.

오늘만큼은 닫아놓았던 마음의 문을 활짝 열고

둘만의 추억을 떠올려보세요.

그대가 선물한 기쁨

그대 몰래 흘렸던 눈물

그대와 함께 살아가는 즐거움을 담아보세요.

편지 말미에는 한 자, 한 자 힘을 주어서

'그대가 있어 내 인생이 빛이 난다' 라고 쓰세요.

날짜를 쓰기 전에 다시 한번 편지를 찬찬히 읽어보세요.

왠지 허전하면 한 줄 더 적어도 괜찮답니다.

'어디에서 뭘 하든 널 사랑해!'

함께할 때 빛나는 것

　D는 자수성가한 사업가다.

　슬하의 3남매는 외국의 명문대를 졸업했다. 음대를 나온 딸은 재벌가의 며느리가 되었고, 큰아들은 변호사, 작은아들은 대기업 간부다. 겉으로 보면 화려한 인생이다. 하지만 속내를 들여다보면 행복과는 거리가 멀다.

　5년 전, 그는 아내와 사별했다. 두 사람은 잉꼬부부로 소문이 자자했다. 그러나 실상은 아내와 사이가 좋지 않았다. 그 시대 남자들이 그렇듯이 그도 속마음을 표현할 줄 몰랐다. 결정적으로 부부 사이를 멀어지게 한 건 애완견이었다.

　아이들이 출가하고 나자 마음 붙일 곳이 없었던 아내는 애완견을 키우기 시작했다. 2년쯤 지난 어느 날, 애완견이 차에 치어 죽었다. 아내가 깊은 슬픔에 빠져 있는데, 그는 자정이 넘은 시간에 맞춰서 돌아왔다. 심지어 애완견이 보이지 않는다는 사실조차도 보름이 지나서야 눈치챘다.

그는 자식들과도 사이가 좋지 않았다. 교육비로 엄청난 금액을 지출했지만 정작 아이들은 당연시했다. 말다툼이 벌어지면 딸은 사춘기 때 손찌검했던 일을 물고 늘어졌고, 아들은 아버지가 보수적인데다 자기만 아는 이기적인 인간이라고 공격했다.

가족의 추억이 깃들어 있는 단독 주택에서 홀로 생활하던 그는 어느 날 위에 통증을 느꼈다. 병원에 갔더니 위장의 상태가 안 좋다고 했다. 그 뒤로 몇 번의 입원과 퇴원을 반복했다.

그러다 지인들로부터 건강이 악화되었다는 소식을 듣고 병문안을 갔더니 집중치료실에 누워 있었다.

그는 내가 본 사람 중에 손에 꼽을 정도로 활력이 넘쳤다. 항상 웃는 얼굴로 사람을 대했고, 목소리는 장판교의 장비처럼 쩌렁쩌렁 울렸고, 일을 추진할 때는 탱크 같았다. 그런데 병상에 누워 있는 그를 본 순간, '병실을 잘못 찾아온 것은 아닐까?' 하고 의심할 정도로 변해 있었다.

호기심으로 반짝이던 눈동자는 자욱한 안개에 뒤덮인 듯 몽롱했고, 무성했던 머리카락은 빠져서 속이 훤히 보였고, 윤기가 자르르 흐르던 피부는 색이 바란 데다 쭈글쭈글했고, 그토록 활기찼던 목소리는 개미가 구멍으로 기어들어 가는 발소리처럼 잘 들리지도 않았다.

간병인에게 물었더니 자식들은 전화만 가끔 할 뿐 거의 찾아오지 않는다고 했다. 간병인이 교대로 수발을 드는 눈치였다.

"기분은 좀 어떠세요?"

"나쁘지…않아."

그는 모처럼 만에 대화를 나누고 싶었는지 산소마스크를 스스로 벗었다. 무슨 말을 해야 할까 말을 고르고 있는데, 묻지도 않은 말들을 술술 털어놓았다.

"삶이 참 허망한 것 같아. 난 좋은 남편, 좋은 아빠가 되려고 노력했는데…헛된 꿈이었어. 자네도 내 자식들처럼 날 속물이라 생각할지 모르겠지만 난 말이지…돈만 많이 벌어다 주면 가족 모두가 행복할 거라고 굳게 믿었어. 가족은…함께 있어야 빛이 나는 건데…그걸 몰랐던 거지."

그의 눈가에서 후회의 눈물이 주르륵 흘러내렸다.

인간은 상실을 통해서 소중함을 깨닫는다. 건강의 상실을 통해서 건강의 소중함을 깨닫고, 가족의 상실을 통해서 가족의 소중함을 깨닫는다. 자유, 행복, 양심, 가능성, 도덕성 등등도 마찬가지다.

하지만 어쩌겠는가. 이미 흘러가 버린 것을.

"그 시대에는 다들 그렇게 살았어요. 선생님도 충분히 멋지게 살아오셨고요!"

나는 진심으로 그를 위로했다.

비록 보수적이고 이기적이라 하더라도 그는 가족의 생계를 책임지기 위해서 부단히 노력했다. 단지, 가장의 임무는 그것이 전부가 아니라는 사실을 뒤늦게 깨달았을 뿐이다.

영원한 진리는 없습니다.

시대가 바뀌면 스포츠 규정도 바뀌고,

삶의 가치관도 바뀝니다.

변화 자체를 아예 무시해버리면

세월이 흐를수록 외톨이가 됩니다.

다소 불편할지라도 변화는 최대한 받아들여야 합니다.

혼자 있어도 빛나는 것이 있습니다.

하지만 가족은 함께 있어야 빛이 납니다.

등뼈가 휘도록 일하고도

가족에게마저 환영받지 못한다면 참으로 슬픈 일입니다.

가족을 진심으로 소중히 여긴다면

힘들어하거나 슬퍼할 때 곁에 있어주세요.

가족은 슬픔과 고통을 함께할 때 결속력이 강해집니다.

아무리 바쁘더라도

가족 중 누군가 당신에게 손을 내밀면

분주한 걸음을 잠시 멈추고 그 손을 잡아주세요.

말주변이 없어도 괜찮아요.

가족이란 옆에 있는 것만으로도 큰 힘이 된답니다.

CHAPTER 2

숲을 산책하는 즐거움

인생은 하나의 경험이다.
경험이 많을수록 더 좋은 사람이 된다.

— 랠프 월도 에머슨(Ralph Waldo Emerson), 미국의 사상가·시인

내 뜻대로 인생을
살고 싶다면

K는 직장 동기인 L이 행정고시에 합격했다는 소식을 듣고 깜짝 놀랐다. 한가한 부서라면 몰라도 그는 사내에서 업무량 많기로 소문난 재무부 소속이었다.

동기들이 마련한 축하연은 문전성시를 이루었다. 입사 4년 차 동기 모임답지 않게 빠짐없이 참석했고, 다들 자기 일처럼 기뻐했다.

"생각이 없는 거야, 성격이 못된 거야? 아니 어떻게 한순간에 이천만 노동자를 바보로 만들 수 있어!"

"그러게! 같은 시기에 입사해서 재무부에서 같이 일했던 나는 대체 뭐가 되냐고?"

"혹시 웹툰 주인공처럼 몸이 두 개 아냐? 아, 왜 말을 못 해! 내가 직장에서 일하는 동안, 또 다른 내가 집에서 두문불출하고 공부만 했노라고!"

K도 함께 웃고 떠들었지만 입안이 씁쓰름했다. 자신 역시 행정고시를 준비하다가 포기하고 입사했기 때문이었다. 거기다 L은 자신처럼 SKY도 아닌 지방 국립대 출신이었다.

술자리는 2차, 3차로 이어졌다. 밤새 계속될 것 같은 술자리는 자정이 가까워지자 얼추 정리가 됐다. 대부분 중간에 빠져나갔고, 끝까지 남았지만 형편없이 취한 사람들은 택시를 태워 보냈다.

누군가의 제안으로 따뜻한 차나 한잔 마시러 카페에 들어갔을 때는 네 명이 전부였다. 취할 대로 취해 있었던 그는 그제야 궁금했던 점을 물어보았다.

"아니, 어떻게 직장생활을 하며 행시 볼 생각을 했어? 머리에 자신이 있었던 거야?"

K는 공부란 노력한다고 되는 게 아니라 타고난 머리가 좋아야 한다는 생각을 갖고 있었다. 그가 고시를 때려치운 이유도 공부 머리가 아니라고 판단했기 때문이었다.

"입사하고 1년 남짓은 나도 잊고 살았어. 그런데 어느 날 직장 생활에 대한 환멸이 밀려오면서 고시에 전념했던 지난 시절이 떠오르는 거야. 이대로 청춘을 보내고 나면 훗날 반드시 후회할 거 같더라고. 그래서 한 번만 더 도전해보기로 했지."

"대단하다! 합격 비결을 단 한 마디로 한다면?"

L은 선뜻 대답하기 곤란한지 고개를 갸웃거리다가 물을 한 모금 들이켰다.

"잠들기 전의 상상?"

"상상? 뭘 상상했는데?"

"사무관이 된 나의 모습!"

의외의 대답에 맥이 탁 풀렸다.

"그게 비결이라고?"

"응! 대학 다닐 때는 오로지 공부만 했어. 공부 시간에 비해 효율성은 별로였던 거 같아. 직장 다니면서 준비해보니 공부 시간이 턱없이 부족한 거야. 이렇게 공부해서 과연 될까, 불안하기도 하고. 그래서 자신감을 갖기 위해 잠들기 전에 사무관이 된 모습을 상상했어. 근데 이게 의외로 효과가 좋더라고. 회사 업무가 많아서 새벽 시간에 주로 공부했는데 집중력도 높아지고, 잡념도 사라지고!"

K는 귀가하는 택시 안에서 그와의 대화를 되새기다 자문해보았다.

'나는 잠들기 전에 무슨 생각을 하지?'

곰곰이 생각해보니 주로 내일 해야 할 일이나 쓸 데 없는 걱정을 하다 잠들곤 했다. 어쩌면 그래서 걱정 많은 인생을 살고 있는 건지도 몰랐다.

'나도 다시 한번 도전해볼까?'

그는 잠시 생각하다가 머리를 흔들었다. 꿈을 이룬 L이 부럽기는 했지만 공부를 다시 하고 싶지는 않았다.

어릴 적부터 세뇌 교육을 받은 때문인지는 몰라도 대학 다닐 때까지만 해도 공부만이 유일한 길인 줄로 알았다. 하지만 사회에 나와보니 다양한 길이 보였다.

중학교 때는 화가의 꿈을 꾸기도 했다. 비록 어머니의 반대로 무산됐지만 그림에 재능이 있다는 사실은 알고 있었다. 그림에 몰입했던 순간의 행복감 또한 잊을 수 없었다.

'나도 이제부터라도 틈틈이 그림을 그려볼까?'

그는 화가가 되어 개인 전시회장에 서 있는 자신의 모습을 상상해보았다. 상상을 현실로 바꾼 L의 영향일까. 어쩌면 이루어질 수도 있겠다는 생각이 들었다.

❖

제자가 물었다.

"어떻게 하면 원하는 인생을 살 수 있을까요?"

스승이 대답했다.

"내가 말하는 순서대로 하면 된다. 첫째, 시장에 간다. 둘째, 원하는 인생을 파는 상인을 찾는다. 셋째, 그것을 산다."

세상살이가 이처럼 단순 명료하다면 얼마나 좋을까?

하지만 인생은 간단하지 않다. 동서양의 수많은 현자들이 '어떻게 원하는 인생을 사는가?'에 대해서 헤아릴 수 없이 다양한 방법을 제시했다. 하지만 개개인의 취향에 적합한 건 있을지언정 정답은 없다.

사람들이 나에게 "원하는 인생을 살고 싶으면 어떻게 해야 합니까?"라고 물으면 잠재의식을 활용하라고 권한다.

우리는 알게 모르게 잠재의식을 활용하며 살아간다. 어떤 이는 잠재의식을 활용해서 개구리만 한 걱정이나 불안감을 황소처럼 키우는가 하면, 어떤 이는 잠재의식을 활용해서 숨겨진 재능을 찾아내기도 하고 능력을 십분 발휘하기도 한다.

L이 사용한 방법은 잠재의식을 활용하는 대표적인 방법 가운데 하나다. 잠들기 전에 이미지 트레이닝을 통해서 뇌에 강력한 의식을 불어넣으면, 잠들어 있는 동안 뇌는 만반의 준비 태세를 갖춘다.

뇌 전체를 지휘하는 전전두엽에서는 해야 할 일의 우선순위를 재정비한다. 목표에 집중할 수 있도록 관련 뇌세포에 힘을 실어주고, 유혹에 쉽게 빠지지 않도록 충동 세포나 감정 세포는 세력을 약화시킨다. 마치 맹자의 어머니처럼 목표에만 전념할 수 있도록 필요한 준비 환경을 갖춰놓는다.

잠에서 깨어나면 잠들기 전에 뇌에 불어넣었던 강력한 의식이 제일 먼저 떠오른다. 그와 동시에 지금부터 해야 할 일의 순서가 영상처럼 펼쳐진다.

내 뜻대로 인생을 살고 싶다면 잠들기 전의 시간을 최대한 활용할 필요가 있다. 많은 것들이 그렇기는 하지만 특히 공부 같은 분야는 집중력 싸움이다. 공부 머리가 비슷하다면 집중력에서 승부가 갈린다. 잠재의식마저 끌어다 쓸 정도로 정열적인 사람이라면 깨어 있을 때의 집중력은 어떻겠는가?

청춘일 때는 한창 앞만 보고 달릴 때라

해보고 싶었던 일을 놓쳐도 아쉬움은 이내 잊힙니다.

그러나 노년이 되어서 걸음을 멈추고 돌아보면

해봤던 일보다는 해보지 못했던 일

도전했으나 실패했던 일에 아쉬움이 더 남는다고 합니다.

실패한 일이라도 아쉬움이 남는다면

기회가 있을 때 한 번 더 도전해보세요.

세상의 모든 것들은 시시각각 변하게 마련입니다.

그사이에 여건이나 상황이 무르익었을 수도 있고

그 일을 감당할 수 있을 만큼

개인적으로 성장했을 수도 있으니까요.

혹시 또 아나요?

훼방만 놓던 신이 이번에는 당신의 조력자가 되어줄지.

내 뜻대로 인생을 살고 싶다면

마음 가는 대로 사세요.

설령 인생이 내 뜻대로 풀리지 않는다 하더라도

절반쯤은 내 뜻대로 산 셈이니까요.

구름판을 딛고 날아보기

40대 중반인 Q는 자동차 하청업체인 부품 생산 공장을 하고 있다.

불경기가 장기화되면서 일부 업종을 제외하고는 산업 전반이 어려움을 겪고 있다. 자동차 업체도 사정은 엇비슷하다. 재료비와 인건비는 늘어났는데 납품 단가는 몇 년째 꼼짝하지 않으니 죽을 맛이다.

조만간 좋은 날이 오지 않겠느냐고 하면 그는 다소 회의적인 말투로 반문하곤 했다.

"그때까지 과연 버텨낼 수 있을까요? 이놈의 사업을 시작하고 나서부터 늘어나는 건 빚과 한숨뿐이네요!"

그러던 어느 날, 우연히 길에서 그와 마주쳤다. 반년 남짓 못 본 사이에 사람이 완전히 달라져 있었다.

"아니, 얼굴이 왜 이렇게 좋아졌어요? 무슨 좋은 일이라도 있었어요?"

흔한 인사말이지만 빈말이 아닌 진심이었다. 환골탈태라도 한 걸까. 표정이나 눈빛이 완전히 바뀌어 있었다.

"잘 봐주셔서 고맙습니다! 바쁘지 않으시면 차 한잔하실래요?"

우리는 가까운 커피숍으로 들어갔다. 그는 커피를 주문한 뒤 무용담을 들려주었다.

3개월 전, 그는 중학교에 입학한 딸과 함께 공원에 놀러 갔다. 한 바퀴 돌고 나니 번지 점프대가 눈에 들어왔다.

"아빠, 번지 점프할 수 있어?"

"껌이지! 아빠가 이래 봬도 특전사 출신이야!"

특전사에서 복무할 때 공수훈련을 받았던 경험만 믿고 호기롭게 올라갔다.

세월이 흐르면 담력도 약해지는 걸까. 막상 점프대에서 밑을 내려다보니 눈앞이 깜깜했다. 등줄기에 식은땀이 흐르고 두 다리가 후들거렸다. 예전에는 어떻게 비행기에서 뛰어내렸는지 의아할 정도였다.

사정을 모르는 딸아이는 손을 흔들며 "아빠, 파이팅!"을 외쳤다. 그는 뛰어내릴지 포기할지를 놓고 수없이 갈등했다. 눈 딱 감고 뛰어내리면 할 수도 있을 것 같았다. 하지만 괜한 객기로 뛰어내렸다가 심장마비로 죽을지도 모른다는 불안감이 발목을 꽉 붙잡았다. 결국 그는 포기를 선택했다.

"한마디로 망신살이 뻗친 거죠. 딸아이는 괜찮다고 했지만 차마 눈을 마주칠 수가 없더라고요."

그날 이후로 되는 일이 하나도 없었다. 일이 어긋날 때마다 제일 먼저 번지 점프대가 떠올랐다.

그러던 어느 날 곰곰이 생각해보니 보통 문제가 아니었다.

'만약 내가 사고로 죽기라도 한다면 딸아이의 기억 속에 평생 비겁자로 남는 거잖아? 그래도 나름 멋진 아빠라고 자부하며 살아왔는데….'

그는 번지 점프에 재도전하기로 결심했다.

제일 먼저 생활 습관부터 바꿔나갔다. 이틀이 멀다 하고 마셔대던 술을 끊었다. 약해진 심장을 단련시키기로 마음먹고 조깅을 시작했다. 처음에는 트레드밀에서 시속 8킬로미터를 놓고 달렸다. 매일 달리면서 조금씩 속도를 높였더니 한 달쯤 지나자 시속 14킬로미터에서도 400미터쯤은 버틸 수 있었다.

틈틈이 이미지 트레이닝도 했다. 번지 점프대에서 밑을 내려다보았을 때의 두려움을 떠올렸고, 두려움을 극복하고 힘차게 뛰어내리는 광경을 수없이 상상했다. 시간이 지날수록 점점 자신감이 붙었고, 자신감은 할 수 있다는 확신으로 바뀌었다. 그는 그제야 접수처에 전화를 걸어서 예약했다.

다음 날 그는 젊은 직원 한 명과 함께 공원을 찾았다. 직원에게 캠코더를 맡기며 촬영을 부탁했다.

수없이 이미지 트레이닝을 했음에도 불구하고 막상 밑을 내려다보니 숨이 턱 막혔다. 예전에는 몰랐지만 원래 고소공포증이 있었던 건 아닐까, 하는 의심마저 들었다. 그러나 다시 내려갈 수는 없었다.

비겁한 아빠로 사는 것도 치욕인데 비겁한 오너마저 될 수는 없었다. 몇 차례 심호흡을 하자 흥분이 점차 가라앉았다. 그는 잠시 이미지 트레이닝을 한 뒤, 힘차게 뛰어내렸다.

막상 뛰어내리니 생각만큼 무섭지 않았다. 밑에서 볼 때는 순식간에 떨어지는 것 같던데 막상 당사자가 되어 뛰어내려 보니 체공 시간이 생각보다 길었다. '혹시 사고 난 거 아냐?' 하는 의심이 드는 순간, 고무로 만든 긴 줄이 발목을 낚아챘다. 그와 동시에 심장이 철렁했다. 무섭기도 했고, 짜릿하기도 했던 순간이었다.

허공에 대롱대롱 매달려 있으니 안전요원이 보트를 타고 와서 내려주었다. 그는 땅에 닿자마자 캠코더에 찍힌 모습부터 확인했다.

이미지 트레이닝을 했던 것과는 달리 폼이 엉성했다. 하지만 뛰어내리는 순간, 직원의 탄성이 그대로 녹음되어 있어서 그런대로 봐줄 만했다. 회사로 돌아온 그는 촬영한 동영상을 짧게 편집한 뒤, 가족 카톡방에 올렸다.

그날 밤 귀가하니 딸아이가 달려 나와 팔짱을 꼈다.

"아빠! 친구들이 짱이래!"

그 순간, 세상을 모두 가진 기분이 들었다.

"참 이상하죠? 그까짓 게 뭐라고…. 아무튼 그 뒤로 인생이 즐거워졌고, 모든 일이 술술 풀리더라고요."

❖

나는 인간의 신체 능력에 지대한 관심이 있다. 올림픽이나 아시 안게임을 하면 체조 경기는 빼놓지 않고 본다.

마루 경기도 좋아하지만 특히 도마 경기는 빼놓을 수 없는 볼거 리다. 새처럼 하늘을 훨훨 날아오르는 선수들을 통해서 일종의 카타 르시스를 느낀다.

도마 경기는 도움닫기, 발구름, 제1비약, 도마접촉, 제2비약, 착지 로 이뤄져 있다. 선수들은 출발선에서 힘차게 달려가 구름판을 밟고 날아오른다. 그런 다음 도마를 짚고 다시 날아오른다. 두 번째 비상 에서 하늘 높이 솟구친 뒤 준비한 기술을 보여주고 착지를 마치면 경 기는 끝난다. 이 모든 동작이 불과 4초 안에 이루어진다. 선수들은 고작 4초를 위해서 몇 만 번의 연습을 반복한다.

도마 경기의 볼거리를 가능하게 만드는 건 바로 구름판이다. 아 무리 점프력이 좋다고 하더라도 구름판이 없다면 하늘 높이 날아오 를 수 없다.

구름판은 도마 경기에만 있는 것은 아니다. 우리의 삶 곳곳에도 여러 종류의 구름판이 감춰져 있다. Q가 도전했던 번지 점프도 그의 삶에 있어서 구름판 역할을 했다.

42세의 D는 평범한 직장인이다. 15년 동안 반복해왔던 일상과는 전혀 다른 세계를 경험하기 위해, 6박 7일 동안 250킬로미터를 달려 야 하는 사하라마라톤대회에 참가 신청서를 냈다. 그는 매일 아침 15

킬로미터를 달리고, 주말이면 바닷가 백사장을 찾아가서 현지 적응 연습을 하고 있다.

36세의 H는 유명 의류 대리점을 한다. 그는 오랜 꿈인 연극배우가 되기 위해 연기학원에 다니며 매일 새벽 발성연습을 위해 집 뒤편의 산을 찾는다.

32세의 S는 새벽에 중국어 학원에 다닌다. 그녀의 직업은 그래픽 디자이너인데 여행사에 취업하기 위해서 중국어를 배우고 있다.

우리는 무언가에 도전해야겠다고 마음먹는 순간부터 성취감을 맛보기 시작한다. 도전이 실패로 돌아가든 성공으로 돌아가든 결과와 상관없이, 준비하는 동안 중추신경계에서는 신경전달물질인 도파민을 수시로 분비한다. 생각만으로 기분이 좋아지고 의욕이 충만해지는 이유도 그 때문이다.

도전을 통한 체험은 삶에 있어서 일종의 구름판 역할을 한다. 체험이 단순한 체험으로 끝나기도 하지만 대개는 그 체험을 통해서 제2의 비상을 한다. 예를 들어 마라톤을 4시간 안에 완주했다면 해냈다는 자신감이 마라톤에서뿐만 아니라 삶의 다른 영역에도 영향을 미친다.

설득의 기술 중에 'yes 모드'라는 게 있다. 상대방을 설득할 때 일단 상대방으로 하여금 'yes'라고 대답하도록 대화를 유도한다.

"오늘 날씨 참 화창하죠?"

"네, 그렇네요."

"그러고 보니 사무실 전망이 참 좋군요."

"네, 저도 그렇게 생각합니다."

"아이들도 자라고 하니 미래에 대한 대비도 슬슬 하셔야죠?"

"네, 그래야죠."

상대방의 뇌가 의심 상태에 있을 때보다는 'yes 모드'에 젖게 한 뒤 설득하면 뜻한 바를 이룰 확률이 높아진다.

구름판이나 'yes 모드'는 작은 성공을 통해서 큰 성공을 이끌어낸다는 공통점이 있다. 일종의 미끼인 셈이다.

아무리 점프력이 좋은 사람도 한 번에 수십 미터를 날아갈 수는 없다. 만약 인생이 뜻대로 풀리지 않거나, 자신감이 뚝 떨어졌다면 구름판을 활용해보자.

인간은 누구나 무궁무진한 잠재력을 지니고 있다. 구름판을 잘만 활용한다면 세상을 보다 쉽고 재미있게 살아갈 수 있다.

경제 용어 중에 '레버리지 효과'가 있습니다.

낮은 금리로 빚을 얻어 수익률을 극대화하는 방법이죠.

구름판을 활용하게 되면

'정신적인 레버리지 효과'를 거둘 수 있습니다.

작은 성공을 통한 성취감을 통해서

뇌세포에 자신감을 불어넣은 다음

난이도가 높은 일에 도전하면 성공 가능성이 높아집니다.

화엄경에는 '마음은 화가와 같아서
세상 모든 것들을 그려내나니' 라는 구절이 나옵니다.
마음을 알고 제대로 사용하면
원하는 세상을 살 수 있습니다.
마음은 복잡하기도 하고 단순하기도 합니다.
마음을 어떻게 사용하느냐에 따라서
인생이 확 바뀝니다.

이것만이 내 세상

보험회사 과장인 P는 어느 날 아내에게 소원을 물었다. 아내는 마치 기다렸다는 듯이 대답했다.

"처녀 때처럼 늘씬한 몸매로 돌아가고 싶어!"

"그럼 피트니스 클럽에 다녀. 요즘은 클럽마다 다이어트 전용 프로그램을 운영한대."

"웬일? 나 정말 피트니스 클럽 다녀도 돼?"

"물론이지! 대신 내년에는 내 소원 하나만 들어줘."

"당신 소원은 뭔데?"

"백두대간 종주! 시작하게 되면 1년 내내 주말마다 산을 타야 해."

"1년씩이나?"

고민하던 아내는 40대에 꼭 해보고 싶은 버킷 리스트라는 말에 마지못해 허락했다.

아내가 헬스클럽에 다니는 동안 그는 백두대간 종주를 함께 할 동지를 찾았다. 혼자 산을 타면 편하기는 하지만 조난 사고를 당할 수도 있고, 비용도 부담이 됐다.

사내 산악회 회원 중에서 한 명을 구했는데 그 사람이 친구를 데리고 왔다. 셋이서 종주를 하기로 합의하고, 지도를 보며 구체적인 산행 일정을 잡았다. 야간 산행이나 암벽 등반 관련 장비, 가벼운 부상을 치료할 수 있는 의료장비, 텐트와 같은 비상장비, 지도 관련 장비 등을 나눠서 마련했다.

백두대간 종주기도 돌려 읽고, 틈날 때마다 서울 근교의 산을 등반하며 호흡을 맞추는 한편 친분도 쌓아갔다. 세 사람 다 산을 좋아하지만 백두대간 종주는 처음이었다. 출발 날짜가 다가올수록 기대도 됐고, 과연 해낼 수 있을지 불안하기도 했다.

마침내 해가 바뀌고 봄이 왔다. 봄철 산불방지 입산 통제기간이 끝나기를 기다렸다가 금요일 밤에 기차를 타고 지리산으로 갔다.

백두대간이란 백두산에서부터 지리산 천왕봉까지 뻗어내려 온 산줄기를 말한다. 계곡이나 강을 건너지 않고 이어지는 산줄기로 한반도의 등뼈라 할 수 있다. 백두산에서 지리산까지 지도상의 거리는 약 1,625킬로미터다. 그러나 북한 쪽에 속한 거리를 제외하면 지리산에서 진부령까지의 거리로 대략 640~690킬로미터로 추정된다. 그러나 그것은 어디까지나 지도상의 거리일 뿐이다. 경사로와 출발 시점까지 오르는 거리, 종점에서 내려오는 거리 등을 감안해서 전문가들이 예측하는 실제 거리는 무려 1,300~1,500킬로미터에 이른다.

지리산 천왕봉에서 무사 종주를 기원하는 간단한 시산제를 올린 뒤, 힘찬 발걸음을 내디뎠다. 1박 2일을 꼬박 걸은 끝에 첫 번째 목적지인 성삼재에 도착할 수 있었다.

몸은 녹초가 되었지만 기분은 말할 수 없이 상쾌했다. 그들은 직장인으로 돌아갔고, 금요일 밤이 되자 다시금 산행을 잇기 위해 성삼재로 달려갔다.

원래 계획은 구간을 짧게 나눠서 1년 안에 종주를 마치는 것이었다. 하지만 예상보다 길어져서 15개월이 걸렸다. 일행 중 누군가 피치 못할 사정으로 산행을 못 할 경우나 태풍이나 폭설 같은 악천후를 만났을 때는 쉬어야 했다. 또한 겨울에는 입산 통제 구간이 많은 데다 위험하기도 해서 가급적 산행을 자제했다.

그들이 마지막 구간인 미시령에서 출발해 진부령에 도착한 것은 한여름이었다. 전신은 땀으로 흠뻑 젖었지만 몸은 깃털처럼 가벼웠다. 진부령 석비 앞에서 막걸리와 과일을 놓고 종산제를 올림으로써 백두대간 산행은 끝이 났다.

그는 한동안 함께 했던 무거운 배낭을 내려놓고 일상으로 돌아왔다. 그 전에 비해서 특별히 달라진 건 없었다. 여전히 등산도 즐긴다. 굳이 달라진 점을 찾는다면 마음의 여유가 생겼다고나 할까? 어떤 문제가 생겨도 초조해하지 않았다. 지금은 힘들어도 이내 지나가리라는 것을 알기 때문이었다. 또한 예전보다 자주 웃었고, 작은 일에도 진심으로 감사했다.

내가 그를 만난 건 종주가 끝나고 1년쯤 지나서였다. 나 역시 한

때는 등산을 광적으로 즐겼던 터라, 백두대간 종주를 시작한 계기를 물어보았다.

"저도 그랬어요! 등산을 좋아하기는 했지만 백두대간 종주는 꿈도 꾸지 않았죠. 그건 나와는 차원이 다른, 정말 산에 미친 사람들이나 하는 거려니 했어요. 아마, 그날이 월급날이었을 거예요. 버스 타고 귀가하는데 라디오에서 들국화의 〈그것만이 내 세상〉이란 노래가 흘러나오더라고요. 대학 입시를 준비할 때 즐겨 들었던 노래여서 반가운 마음에 귀를 기울였죠. 한참 노래를 듣고 있는데 나도 모르는 사이에 눈물이 주르륵 흐르는 거예요. 내가 지금 세상을 잘 살고 있나? 나는 지금 행복하니? 뭐, 이런 유의 물음들이 물밀듯이 밀려드는 거예요. 생맥줏집에서 술을 한잔 마시며 곰곰이 생각해봤는데 솔직히 잘 모르겠더라고요. 한 달 가까이 틈날 때마다 생각해보니, 나이를 더 먹기 전에 이런 물음에 대한 답을 해야만 후반생을 준비할 수 있겠더라고요. 그래서 방법을 찾다가 이왕이면 백두대간을 걸으면서 생각해봐야겠다고 결심하기에 이르렀죠."

"물음에 대한 답은 찾으셨나요?"

"네! 막연히 생각했던 것보다 훨씬 잘 살아가고 있더라고요! 경제적으로 풍족한 삶은 아니지만 가족도 화목하고, 다들 건강하고…. 세상에 만족한 삶이 어디 있겠어요? 그저 무탈하게 하루하루를 살 수 있다는 사실에 감사할 따름이죠."

그는 백두대간 종주를 통해서 자신의 삶 속에 묻혀 있던 행복을 뒤늦게 발견한 셈이었다.

나는 그와 헤어져 집으로 돌아가는 길에 들국화의 〈그것만이 내 세상〉이라는 노래를 찾아 들었다. 주말에는 모처럼 배낭을 메고 가까운 산이라도 찾아가야겠다고 생각하며.

당신은 행복을 찾으셨나요?

틸틸과 미틸처럼 엉뚱한 곳을 헤매며

행복의 파랑새를 찾아 헤매고 있지는 않나요?

삶이 바쁠수록, 가야 할 길이 멀수록

가끔씩 걸음을 멈추고

내 안에서 들려오는 소리에 귀를 기울여야 합니다.

삶의 만족도를 높이는 비결은 물론이고

행복 지수를 높이는 비결도 모두 내 마음속에 있으니까요.

하루하루가 짜증 나고 신이 원망스럽다면

뒤로 한 발 물러나세요.

거울 속에 비친 내 모습을 보려면 한 발짝 물러서야 하듯이

내 인생을 조망하려면 삶에서 떨어지세요.

조깅을 하든, 등산을 하든, 여행을 가든

한 발짝 물러나서 나를 찬찬히 바라보세요.

더 늦기 전에 내 마음속 어딘가에

보물지도처럼 묻혀 있는 행복을 찾아보세요.

그것이야말로 죽기 전에 꼭 해야 할 위대한 발견이 아닐까요?

가치 있는 일을 찾습니다

"가치 있는 일 좀 없나?"

T는 10년 차 카피라이터다. 언제부터인지 업무에 흥미가 뚝 떨어졌다. '더 늦기 전에 다른 일을 시작해볼까?' 하는 생각으로 주변을 기웃거리며 돌아다녔다.

그는 동창들이 부러웠다. 의사를 만나면 의사가 부럽고, 변호사를 만나면 변호사가 부럽고, 회계사를 만나면 회계사가 부러웠다.

'역시 전문직이 최고야!'

그러다 자기 사업을 하는 사람들을 만나면 또 그들이 부러웠다. 후배가 하는 와인 바에 가면 후배의 삶이 부럽고, 선배가 개업한 펜션에 가면 선배의 삶이 부러웠다.

'다들 재미있게 살아가고 있구나! 나만 빼고….'

그에게는 하루하루가 지옥이었다. 기획회의는 지겹고, 채택될지

안 될지도 모르는 카피를 날짜에 맞춰 생산하는 일도 지겨웠다.

근무 시간에 영화를 보거나 사우나를 해도 예전처럼 신나지 않았다. 좋은 카피를 써야겠다는 의지 대신, 어떻게든 카피를 짜내야 한다는 의무감만 남아 있었다.

마음의 갈피를 못 잡고 방황하는 사이, 후배들이 무섭게 치고 올라왔다. 자신은 며칠 밤을 꼬박 새워도 어디선가 본 듯한 문구를 가까스로 짜내는 반면, 후배들은 참신한 카피를 척척 뽑아냈다.

'역시 나하고는 안 맞아! 그나저나 뭘 하고 살아야 후회가 없을까?'

그는 사회에 큰 보탬이 되거나 목숨을 걸 만큼 가치 있는 일을 해보고 싶었다.

그러던 어느 날, 대학 선배인 부장이 불렀다.

"그동안 일하느라 고생 많았지? 요즘은 좀 한가하니까 못 쓴 연차도 소진할 겸 해서 휴가나 갔다 와."

순간, 가슴이 철렁 내려앉았다. 경기가 부진하다 보니 광고업계도 불황이었다. 대기업 소유의 메이저 광고회사는 밀어주는 일감으로 그럭저럭 불황을 넘기고 있지만 나머지는 살아남기 위해 안간힘을 쓰는 중이었다.

— 개자식들! 휴가 갔다 오래서 갔다 오니까 책상이 사라졌지 뭐야! 어디 갔나 했더니 지하 창고에 처박아뒀더라고.

친구는 결국 휴가 갔다 온 지 일주일 만에 사직서를 냈다.

그는 불안했지만 직계 상사의 명령을 거절할 수는 없었다. 될 대로 되라는 심정으로 휴가 신청서를 제출했다.

퇴근하는 직장인 틈에 끼어서 전동차에 오르자 수만 가지 감정이 교차했다. 어차피 그만두려 했던 직장이었다. 그런데 막상 해고 위기에 처하니 입안이 씁쓰름했다.

사마천의 『사기』 중 '회음후열전(淮陰侯列傳)'에 나오는 한신의 독백이 떠올랐다. 반역죄를 쓰고 수레에 실려 낙양으로 가는 길에 한신은 충성을 바쳤던 유방에 대한 섭섭한 심정을 이렇게 토로한다.

"세상 사람들의 말이 그르지 않구나. 날랜 토끼가 잡히면 부리던 사냥개를 삶아 먹고, 나는 새가 잡히면 활은 활집 속에서 먼지를 뒤집어쓰고, 적국이 무너지면 일을 함께 도모하던 신하가 죽임을 당한다고 하였으니, 천하가 평정되었으니 나는 솥으로 들어가겠구나!"

정신없이 바쁠 때는 외국에 나가서 레포츠를 즐기며 근사한 휴가를 보내는 상상을 하곤 했다. 그런데 막상 휴가를 받고 나니 만사가 귀찮았다. 그는 맞벌이하는 아내가 출근하면 일어나 텔레비전을 틀어놓고 술을 마시다, 아내가 귀가할 즈음에는 다시 침대로 기어들어갔다.

그렇게 사흘쯤 지났을까. 아내가 흔들어 깨우더니 항공권을 불쑥 내밀었다. 처남이 살고 있는 LA나 갔다 오라는 것이었다.

"집구석에서 처박혀 있지 말고 나가! 사내대장부라면 하루를 살아도 폼 나게 살아야지."

아내에게 등을 떠밀리다시피 해서 LA로 날아갔다. 처남 집에서 지내니 혼술하기가 은근 부담스러웠다. 그는 서핑을 핑계 삼아 바닷가의 리조트로 거처를 옮겼다.

눈을 뜨면 바다로 나가 잠시 수영을 하고는 해변에서 술을 마셨다. 어떤 날은 자정까지 마셨고, 어떤 날은 새벽까지 마셨다. 삶은 한낮의 태양처럼 권태로웠고, 끝이 빤한 추리소설처럼 지루했으며, 추첨이 끝난 로또용지처럼 무가치했다.

휴가가 끝나가던 어느 날, 새벽까지 술을 마셨지만 잠이 오지 않아 산책을 나갔다. 비틀거리며 모래사장을 거닐다가 초라한 행색의 흑인 노인을 발견했다. 노인은 포대 자루를 끌고 다니며 빈 병이나 캔을 줍고 있었다.

못 본 척 스쳐 지나가려고 했는데 노인의 흥겨운 콧노래가 은근히 귀에 거슬렸다. 그는 술김에 말을 붙였다.

"그 일이 그렇게 즐거우세요?"

그러자 노인이 기다렸다는 듯이 대답했다.

"물론이지! 가치 있는 일이거든."

"흥! 그까짓 일이 무슨 가치가 있다고."

"나는 살아오며 제법 많은 일을 했다오. 오랫동안 배관공으로 일했고, 대형 마트 종업원으로 일했고, 주차장 관리인으로 꽤 오랫동안 일했지. 살아오면서 숱한 직업을 거쳤지만 그 일들은 그 나름대로 의미가 있었소. 아이들의 빵이 되었고, 또 교육비가 되어서 가장으로서의 나의 자존심을 지켜주었거든."

"뭐, 그렇다고 칩시다! 그런데 지금 당신이 하는 그 일이 무슨 가치가 있다는 거요?"

"당신 눈에는 무가치해 보일지 몰라도 내게는 세상에서 가장 가치 있는 일이라오. 이 일을 해서 번 돈으로 아내의 약값과 우리 두 늙은이의 생활비를 충당하거든. 그러니 이보다 더 가치 있는 일이 어디 있겠소?"

노인은 누런 이를 드러내고 환하게 웃었다.

순간, 얼굴이 화끈 달아올랐다. 그는 새벽까지 술을 마셨다는 사실이 부끄러웠고, 거들먹거리며 살아왔던 날들이 부끄러웠다.

그는 모래사장에 퍼질러 앉아, 태평양을 바라보며 곰곰이 지난 삶을 돌아보았다.

카피라이터는 그의 오랜 꿈이었다. 전공은 국문학을 했지만 광고계에서 일하고 싶었다. 대학 1학년 때부터 광고학 관련 수업을 찾아 들었고, 디자인학과 동기와 한 팀이 되어서 공모전이 있을 때마다 응모했다. 대기업에서 주최하는 광고대상 공모전에 출품해서 은상을 받았을 때의 기쁨은 이루 말할 수 없었다.

대학 졸업과 동시에 소망했던 광고회사에 입사했다. 물론 업계 상위권인 대기업 계열사는 아니었다. 하지만 그는 충분히 만족했다.

실무를 익혀나가는 동안의 행복감은 말로 표현할 수 없었다. 누가 시킨 것도 아닌데 퇴근 후에는 자료실에서 국제 광고제에서 입상한 작품을 잔뜩 빌려다가 보곤 했다. 웃고 감탄하다 보면 어느새 날이 밝아왔다.

카피라이터로서 전성기는 그가 대리를 달고 나서야 찾아왔다. 국내 광고대상은 물론이고, 해외 광고제에서도 연이어 상을 받았다.

한동안 마법 같은 날들이 펼쳐졌다. 그가 만든 텔레비전 광고가 화제에 오르는가 싶더니, 고층건물 옥탑에서 별처럼 반짝거렸다. 또한 그가 쓴 카피가 코미디언의 입에서 고스란히 재현되기도 했다. 사람들은 그를 '언어의 마술사'라고 불렀다.

그러나 전성기는 오래가지 못했다. 상승 속도가 워낙 빨랐던 만큼 추락도 빨랐다. 광고주에게 한번 외면당하기 시작하자 연쇄적으로 외면당하기 시작했다. 후배들에게 밀리기 시작하면서부터는 직업에 대한 긍지마저도 사라졌다. 남은 것은 자기 비하뿐이었다.

"흥! 천박한 자본주의 제품을 판매하는 최첨단 세일즈맨이 뭐가 좋다고!"

매너리즘과 자기 환멸에 빠져서 그렇게 4년 가까운 세월을 보냈다. 돌아보면 참으로 한심하기 짝이 없는 세월이었다.

너무 늦게 깨달은 걸까?

휴가를 마치고 출근한 그는 조심스레 사무실로 들어섰다. 다행히도 책상은 제자리에 있었다. 당연한 사실임에도 불구하고 안도의 한숨이 절로 나왔다.

그는 지금까지와는 다른 방식으로 카피를 쓰기 시작했다. 성(性)을 연상시키거나 저급한 유머 대신 휴머니즘에 호소했다.

'제품을 강요하지는 말자. 좋은 카피라면 소비자를 행복하게 만들

어야 해. 행복한 소비자가 자발적으로 제품을 구입하게 하는 거야!'

따뜻한 카피가 메마른 감성을 지닌 현대인에게 먹힐까 걱정했는데 반응은 그런대로 괜찮았다. 폭발적으로 매출이 늘어나지는 않았지만 꾸준한 상승 그래프를 그렸다.

그는 요즘 하루하루가 행복하다. 사랑하는 일을 하고 있으며, 가치 있는 일을 하고 있다는 확신 덕분이다.

52시간 근무제가 시행되었지만 그는 여전히 바쁘다. 퇴근 후 회사 앞 커피숍에 앉아서 밤늦게까지 카피를 쓴다. 아무리 생각해도 카피가 떠오르지 않을 때는 단골 술집으로 옮겨 혼술을 한다. 취중에 그럴듯한 카피라도 떠오르면 세상을 다 가진 기분이다.

비록 아침이 되면 쓰레기통으로 직행할지라도.

가치관이 변한 걸까요?

언제부터인가 성공하는 삶보다 가치 있는 삶을 권합니다.

그렇다면 어떻게 살아야 할까요?

가치 있는 삶을 살려면

내가 가치 있게 여기는 것이 무엇인가에 대해서

먼저 성찰해보아야 합니다.

설령 타인에게 가치 있는 삶이라 할지라도

나에게 가치 있는 삶은 아닐 테니까요.

셰익스피어는 이렇게 말했습니다.

"사람은 자신의 손에 있는 것은 정당한 값으로 평가하지 않지만,

일단 그것을 잃어버리면 가치를 부여하게 된다."

우리는 다른 사람이 지닌 것들의 가치나

잃어버린 것들의 가치를 매기느라

정작 지니고 있는 것들의 가치를 잊은 채

살아가고 있는 건 아닐까요?

가치 있는 삶은 멀리 있지 않습니다.

당신이 아직 발견하지 못했을 뿐입니다.

지나가고, 또 지나간다

　G는 30대 초반에 직장을 그만두었다. 잦은 야근과 주말 근무로 건강이 점점 나빠져서였다. 체력 소모가 적은 사업을 찾다가 우연히 신문에서 건강기능식품 대리점을 모집한다는 광고를 발견했다.

　참석해보니 100세시대에는 '웰빙'과 '헬스'가 대세라면서 자사의 건강기능식품을 선전했다. 국내에서는 건강기능식품 관련 특허를 받을 정도로 효능을 인정받았고, 외국 여러 국가에서 동시에 특허 신청 중이라고 했다.

　조건을 꼼꼼하게 살펴보았다. 초기 비용도 그리 많이 들지 않는 데다 마진율도 높았다. 사업을 했다 중도에 접어도 크게 손해 볼 일은 없겠다 싶어서 대리점을 시작했다.

　그러나 막상 시작해보니 애초 약속과 달랐다. TV광고는 하지도 않았고, 신문광고조차도 대리점주의 돈을 걸어서 했다. 건강기능식품을 음용한 소비자들 가운데 몇몇이 구토와 설사 증세를 호소하며 소비자보호원에 고발하기에 이르렀고, 결국 식품의약품안전처로부터 허위·과대광고라며 시정 명령이 떨어졌다.

대리점 가맹비를 되돌려달라는 대리점주의 항의가 빗발치자 사장이 잠적했다. 상황이 바뀌기를 기도하며 버티던 그는 결국 가게 권리금마저 포기하고 철수했다.

가뜩이나 안 좋았던 건강은 사업에 실패하자 더욱 나빠졌다. 간이 안 좋아서 얼굴은 노래졌고, 살은 빠질 대로 빠져서 마치 미라 같았다.

그는 건강 회복을 최우선 목표로 삼았다. 균형 있는 식사를 유지하려 노력했고, 식사 후에는 반드시 산책을 나갔다. 깨어 있을 때는 맨손으로 할 수 있는 푸시업이나 플랭크 같은 코어 운동을 했고, 피로가 몰려오면 휴식을 취하거나 잠을 잤다.

울적하거나 가슴이 답답할 때는 비발디의 〈사계〉를 들었다. 〈사계〉를 한동안 듣고 나면 기분이 다소 나아졌다.

1년쯤 지나자 건강이 회복되었다. 그는 아내를 설득해서 아파트를 은행에 담보로 맡기고 융자받은 돈으로 치킨집을 열었다. 처음에는 제법 장사가 잘됐다. 크게 수익은 나지 않아도 그럭저럭 인건비는 건질 수 있었다.

점점 매출이 늘어난다 싶었는데 조류독감 파동이 일어났다. 매출이 급락해서 하루에 열 마리도 팔기 힘든 지경에 이르렀다.

속이 바짝바짝 타들어 갔다. '열심히 일하고 싶은 마음'은 충만했지만 자신의 힘으로 할 수 있는 건 아무것도 없었다. 그는 비발디의 〈사계〉를 들으며 힘든 시기를 이겨냈다. 몇 번의 고비를 넘기고 나자 서서히 장사에 자신감이 붙었다. 그는 경쟁이 치열해진 치킨집을 처분하고 해물칼국숫집을 열었다.

개업 초기에는 장사가 잘됐다. 그러다 경기가 전반적으로 나빠지면서 현재는 치킨집을 할 때 모아놓았던 돈을 조금씩 까먹는 중이다. 그는 오늘도 비발디의 〈사계〉를 들으며 가만히 읊조린다.

"이 또한 지나가리라!"

❖

봄이 가면 여름이 오고, 여름이 가면 가을이 온다.

계절이 순환하듯 인생에도 사계절이 있다. 봄만 계속되는 인생도 없고, 겨울만 계속되는 인생도 없다.

인간의 뇌 자체가 워낙 적응력이 뛰어나다 보니 스스로 계절을 만들어낸다. 예를 들어 누명을 쓰고 교도소에 갇혔다고 가정해보자. 처음에는 삶이 혹독한 겨울처럼 느껴진다. 어디에서도 빛은 보이지 않지만 이내 적응하게 되고, 그 속에서 따사로운 봄볕을 찾아낸다.

궁지에 몰리면 대개 '자살'이라는 극단적인 선택을 떠올린다. 하지만 유혹을 이겨내면 인생의 겨울도 이내 지나간다. 상황이 좋아지기 때문이기도 하지만 살다 보니 면역력이 생겨서이기도 하다.

대자연 속에서 유년 시절을 보낸 사람은 생명력이 강하다. 일시적인 고난을 딛고 일어서는 회복탄력성도 좋다.

도시에서 자라면 계절의 변화를 제대로 실감하지 못한다. 고작해야 사람들의 옷차림에서 계절을 느낄 뿐이다. 그러나 시골에서 자라면 자연의 변화를 눈치채지 못할 수가 없다. 창문만 열어도 계절의 변화를 실감하게 된다.

생명 있는 것들의 몸속에는 생체 시계가 있다. 낮과 밤에 따라서, 계절의 변화에 따라서 호르몬의 분비가 달라진다. 우리는 의식하지 못하지만 체내에서 낮과 밤이 흐르고, 계절이 순환하고 있다.

자연 속에서 살면 누가 가르쳐주지 않아도 계절의 변화를 알게 되고, 자연스럽게 받아들인다. 도시 사람들은 계절의 변화를 머리로 기억하지만 시골 사람들은 몸으로 기억한다. 그래서 고난이 닥치더라도 예감할 수 있다.

이 또한 몹시도 춥고 외로웠던 겨울처럼 지나가리라는 것을.

삶이 힘들게 느껴질 때는
수목원이나 식물원을 찾아가 보세요.
조용한 세상에서 자기만의 생을 즐기고 있는 식물을 보고 있으면
영원히 계속될 것 같은 고통도
겨울바람처럼 스쳐 지나가는 것임을 알게 됩니다.

머릿속이 복잡해서 터질 것 같을 때는
가까운 바다로 놀러 가세요.
종일 밀려왔다가 밀려가는 파도를 구경하거나
아이가 장난처럼 쭉 그어놓은 듯한 수평선을 보고 있으면
단순함 속에 살아가는 즐거움이 있음을 느끼게 됩니다.

바빠서 그럴 마음의 여유조차 없다면
점심시간에 고궁을 걸어보세요.
기와 틈에서 자라고 있는 이끼,
색 바랜 단청을 보고 있으면
세월이 흐른다는 것도 그리 나쁘지 않음을 깨닫게 됩니다.

우리가 의식하지 못하는 사이에도
우주에서는 서로 다른 별들이 만났다 헤어집니다.
그중에 어떤 별들은 먼 훗날 재회하겠지만
어떤 별들은 영영 이별입니다.
세상 모든 것들은 다 그렇게 지나갑니다.

누구에게나 비밀은 있다

"매일 웃는 이유요? 재미있잖아요, 사는 게!"

30대 중반의 카센터 사장인 L은 기름때 묻은 얼굴로 환하게 웃었다.

그는 불우한 청소년기를 보냈다. 아버지는 술주정뱅이에다 의처증이 심했다. 툭하면 어머니에게 폭력을 휘둘렀다. 결국 견디다 못한 어머니가 가출했고, 얼마 지나지 않아서 아버지마저 세상을 떠났다.

세상에는 덜렁 중학교 3학년인 누나와 중학교 1학년인 그만 남았다. 동네 주민들의 도움으로 아버지 장례식을 치르고 나니 살 길이 막막했다.

늦가을이라 날씨도 쌀쌀했다. 연탄마저 떨어져서 냉방에서 지내고 있는데 봉사단체에서 찾아왔다. 그들은 쌀 20킬로와 연탄 50장을 들여놓고 갔다.

누나는 졸업을 코앞에 남겨놓고 자퇴한 뒤, 공장에 들어갔다.

"아빠처럼 살고 싶지 않지? 그럼 죽어라 공부해! 내가 힘닿는 데까지 밀어줄게."

그도 뒤늦게 정신을 차리고 공부에만 전념했다. 밤낮없이 공부에 매달리니 성적도 쭉쭉 올라갔다. 하지만 사교육을 받지 않은 때문일까, 선천적으로 머리가 나쁜 걸까. 아무리 노력해도 반에서 10등 안으로는 진입할 수 없었다.

"누나, 공부는 내 갈 길이 아닌 것 같아."

"그래도 고등학교는 다녀야지."

"아냐, 차라리 일찍부터 기술을 배워서 돈 버는 게 나아."

"공부도 시기가 있어! 나중에 후회하지 않을 자신 있어?"

"걱정 마! 절대 아빠처럼 살지는 않을 테니까."

그는 중학교를 졸업하자마자 각종 아르바이트를 했다. 돈이 어느 정도 모이자, 자동차 정비기술학원에 다녔다.

졸업한 뒤 학원에서 추천해준 카센터에서 일을 시작했다. 잔심부름을 하며 정비사 어깨너머로 일을 배웠다.

카센터를 여기저기 옮겨 다니며 일하는 사이에 10여 년이 훌쩍 지나갔다. 하루는 전에 함께 일했던 선배에게서 연락이 왔다. 사정이 있어서 고향으로 내려가려는데 자기 카센터를 인수하라는 것이었다.

선배의 카센터는 경기도 외곽에 있었다. 원래 카센터 자리는 아니었다. 선배가 토지 주인을 설득해 5년간 토지 임대 계약을 맺은 뒤 카센터를 세운 것이었다.

"마음이야 굴뚝같지만 돈이 있어야죠."

그러자 선배가 새로운 제안을 했다.

"그럼 남은 3년 동안의 토지 임대료만 일단 내. 시설 투자비와 장비 값은 3년에 걸쳐서 매월 분할 지불하고. 어때?"

몇 차례 놀러 간 적이 있어서 카센터 사정은 누구보다 잘 알았다. 단골손님도 적지 않았고, 뜨내기손님도 간간이 들렀다. 그런데 분할 납부에 권리금조차 받지 않겠다니, 더할 나위 없이 좋은 조건이었다.

"너니까 특별히 봐주는 거야!"

놓치면 평생 후회할 것 같았다. 그는 행여 마음이 바뀔세라 예금, 적금, 보험금까지 탈탈 털어서 토지 임대료를 지불했다.

자기 사업을 하기 때문일까. 아침부터 밤늦게까지 일했지만 피곤하지 않았다. 시간이 너무 빨리 지나가서 아쉬울 때가 한두 번이 아니었다. 매출은 매월 조금씩 늘어났지만 매월 나가야 할 돈이 많아서 안심할 수 없는 상황이었다.

그러던 어느 날, 텔레비전에서 어려운 이웃을 돕는 구두닦이 부부의 사연이 방영되었다. 넉넉하지 않은 형편임에도 불구하고 그들은 수익의 일부를 소년소녀 가장을 위해 기꺼이 기부했다. 문득, 오래전 기억이 떠올랐다.

쌀 20킬로와 연탄 50장!

사실 금액으로 치면 얼마 안 되지만 그 당시 그들 남매에게는 구원의 밧줄과도 같았다.

'그래, 더 늦기 전에 마음의 빚을 갚아나가자!'고 다짐한 그는 소년소녀 가장과 후원을 맺고 후원금을 보내기 시작했다.

그로부터 며칠이나 지났을까. 카센터에 손님이 갑자기 늘어나기 시작했다.

'어? 착한 일 한다고 하느님이 도와주시나?'

갑자기 손님이 늘어나자 얼떨떨했다. 원인을 찾아보니 우후죽순으로 들어서기 시작한 주변의 식당들 때문이었다. 식사하러 온 손님이 식사하는 동안 차 수리를 맡겼고, 타이어나 엔진오일 등을 교체했다. 정비사를 두 명이나 더 고용했지만 아침부터 밤까지 쉴 틈이 없었다.

평생을 돈에 대한 갈증에 시달렸던 그였다. 그런데 갑자기 돈이 밀물처럼 밀려 들어오자 불안했다. 한밤중에 강도가 들어와서 돈을 강탈해 가거나 드라마에서처럼 덜컥 불치병이라도 걸리는 건 아닐까 걱정됐다. 불행이 닥치기 전에 해보고 싶은 것들은 해봐야겠다는 생각이 들었다.

그는 선배에게 매월 지불해왔던 잔금을 목돈으로 상환했다. 1년도 안 돼서 모두 갚았고, 후원하는 아이들의 수도 늘렸다. 그 이듬해에는 아내와 미뤄왔던 결혼식을 올렸다. 보라카이로 신혼여행을 갔다 오니 누나에게 미안한 마음이 들었다. 죽기 전에 해외 구경이나 해보라며 누나와 매형에게 보라카이 여행 티켓을 선물했다.

일일 매출이 최대치를 찍은 날 우려했던 일이 벌어졌다. 토지 주인이 임대 계약 기간이 끝났으니 카센터를 비워달라고 했다. 그 자리에다 식당을 하겠다는 것이었다. 임대료를 두 배로 올려주겠다고 했지만 소용없었다. 그는 어쩔 수 없이 한 블록 떨어진 곳으로 카센터를 확장 이전했다.

도대체 그 많던 단골들은 어디로 간 걸까. 도로변이고 차량 통행이 잦은 곳임에도 불구하고 손님이 없었다.

날이 갈수록 적자가 늘어났다. 매월 나가는 고정 지출을 감당할 수 없어 데리고 있던 정비사들을 하나씩 내보냈다. 그럼에도 불구하고 사정은 나아지지 않았다. 자신의 인건비는 고사하고 임대료 내기도 급급했다.

손님이 끊기자 인근 가게 주인들이 찾아왔다. 그도 무료했던 터라 심심풀이 삼아 화투도 치고, 술도 마셨다. 가끔씩 손님이 찾아오기도 했지만 사무실 안을 슬쩍 들여다보곤 차를 돌려 나갔다.

그렇게 1년이 지나자 마침내 통장이 바닥났다. 그는 매월 아내에게 주던 생활비마저 줄여야 했다.

"아니, 이것 갖고 어떻게 생활해요?"

아내의 볼멘소리에 그는 소년소녀 가장 돕기 후원금을 중단해야 할 때가 왔다고 판단했다. 더 이상 버티는 건 무리였다.

'그래, 나도 할 만큼 했어!'

그런데 막상 실행에 옮기려니 연말에 만났던 아이들의 초롱초롱한 눈동자가 떠올랐다. 그들 중에는 어릴 적 누나를 쏙 빼닮은 소녀 가장도 있었다.

'피만 나누지 않았다 뿐이지 내겐 가족 같은 아이들인데…. 내가 이럴 때가 아냐! 그 아이들을 위해서라도 다시 한번 독하게 마음먹고

달려보자!'

그는 제일 먼저 화투 치고 술 먹는 테이블부터 치웠다. 그러자 인근 가게 주인들의 발길이 뚝 끊겼다.

가게 앞 대로변에 '무상점검 서비스, 워셔액 무료 교체, 엔진오일 원가 교체, 배터리 원가 교체'라고 쓴 플래카드를 내걸었다.

처음에는 별 반응이 없었다. 그런데 보름쯤 지나자 100여 미터 전방에서 한쪽 차선을 막고 지하철 공사를 하기 시작했다. 차선이 줄어들면서 가게 앞으로 차량들이 길게 늘어섰다.

도로가 뚫리기를 기다리다 못한 손님들이 차를 돌려서 카센터로 들어왔다. 그는 공짜 손님이라도 정성을 다했다.

단골손님이 점점 늘어가자 해고했던 정비사를 다시 고용했다. 밤낮없이 일하다 보니 지하철 공사도 끝이 났다. 도로는 원래 상태로 돌아갔지만 카센터에는 손님이 끊이질 않았다.

그는 소년소녀 가장을 후원하고 나서 돈벌이의 진정한 기쁨을 알았다. 세월이 흘러 후원하는 아이들도 바뀌었지만 지금도 아내 몰래 후원금을 보내고 있다. 그는 힘들고 어려웠던 시절, 자신을 다시 일으켜 세운 건 후원했던 아이들이라고 굳게 믿고 있다. 아이들이 따뜻한 눈빛으로 격려해주었기에, 다시 용기를 낼 수 있었노라고.

직원이 여럿이어서 사무실을 지켜도 되건만 그는 오늘도 기름때 낀 장갑을 끼고 차 밑으로 들어간다. 그러다 문득, 일이 힘들게 느껴지면 휘파람으로 나지막이 노래를 부른다. 아이들의 맑은 눈동자를 떠올리며.

인간은 지구 여행자입니다.

살아가다 보면 사막을 지나기도 합니다.

사막에는 전갈과 방울뱀이 살아갑니다.

하지만 사막의 가슴 깊은 곳에는

비밀의 샘이 감춰져 있습니다.

오아시스는 죽어가는 생명체에 활력을 불어넣어서

다시 길을 떠날 힘과 용기를 줍니다.

사람들도 저마다 가슴 깊은 곳에

비밀의 샘을 감춘 채 살아갑니다.

어떤 이의 샘은 독약과 같아서 스스로를 병들게 하고

어떤 이의 샘은 생명수 같아서 자신은 물론이고

지쳐 쓰러진 타인마저 살려냅니다.

도대체 왜 살아가야 하는지 모르겠다고요?

오늘, 생명수 솟아나는 비밀의 샘을 만들어보세요.

끝내 전하지 못한 마음

30대 중반의 G는 보험 설계사다.

그녀는 중견기업 홍보실에서 근무하다 지인의 소개로 중소기업에 다니는 남편을 만났다. 맞벌이를 하다 아이를 임신하고 직장을 그만두었다.

신혼 초에는 몰랐는데 아이를 낳아 키우다 보니 돈에 쪼들렸다. 직장을 물색하다가 마지못해 보험 설계사를 시작했다. 그런데 의외로 적성에 잘 맞았다.

성격이 쾌활하여 사람 자체를 좋아하다 보니 고객에게 허물없이 다가갈 수 있었다. 실적에 대한 부담감이 적지 않았지만 그녀는 최대한 밖으로 드러내지 않으려고 노력했다. 편하게 만나서 차 마시고, 고민도 들어주고, 수다도 떨다 보니 실적이 쌓였다.

잡은 고기에게는 미끼를 주지 않는다고 하지만 그녀는 고객 관리에 각별히 신경 썼다. 고객의 생일이나 결혼기념일이 아니어도 자주 카톡이나 메일을 보냈고, 목소리를 잊을 만하면 전화를 걸어 안부를 물었다. 감동 깊게 읽은 책이나 좋은 공연은 직접 책을 사거나 공연 티켓을 끊어서 보내주었다.

실적은 꾸준히 상향 곡선을 그렸고, 관리해야 할 고객도 꾸준히 늘어났다. 신규 고객을 찾아다니고, 기존 고객을 관리하다 보면 하루가 순식간에 지나갔다.

남편은 심성이 착한 사람이었다.

신혼 초에는 회사 일이 많아서 밤늦게 귀가했다. 그런데 그녀가 보험 설계사 일을 시작하자 귀가 시간이 빨라졌다. 업무시간 중에 최대한 집중해서 일을 끝내고, 그래도 남는 일은 집에 가지고 와서 했다.

남편은 집안 살림은 물론이고, 아이들 뒷바라지까지 싫은 내색 없이 척척 해냈다. 파김치가 된 그녀가 밤늦게 집으로 돌아오면 수고했다며 늦은 저녁상을 차려주곤 했다. 피로로 신경이 날카로워진 그녀가 음식이 짜다는 둥, 청소를 하면서 창틀에 먼지는 왜 안 닦느냐는 둥, 별것도 아닌 일로 온갖 짜증을 부려도 군소리 없이 들어주었다.

그녀는 남편에 대해 두 가지 마음을 갖고 있었다. 자신을 바깥에서 일하게 만든 무능함에 대한 원망과 항상 자상하게 대해주는 데 대한 고마움이 늘 교차했다. 그런데 세월이 흘러 점차 일에 적응하게 되면서부터는 원망은 작아졌고, 고마움은 반대로 커져만 갔다.

'참 좋은 사람이야! 내가 사람 하나는 잘 선택한 것 같아.'

그러나 생각과 말이 일치하지 않았다. 까칠하게 대하는 게 몸에

익은 때문일까, 남편이니까 그래도 된다고 생각하기 때문일까. 속마음과는 전혀 다른 말이 불쑥 튀어나와 여린 남편의 마음에 생채기를 내곤 했다.

그러던 어느 날, 남편이 지방 출장 갔다 오는 길에 고속도로에서 교통사고로 사망했다. 불행은 늘 기습적으로 다가와 사람을 놀라게 한다. 그녀 역시 갑작스레 닥친 불행이 믿기지 않았지만 현실을 외면할 수는 없는 노릇이었다.

그녀는 남편의 영정을 끌어안고 통곡했다. 지금까지 수많은 사람에게 선물하고 감사의 말을 전했지만 정작 남편에게는 번변한 선물하나, 감사의 말 한마디 못했다는 사실이 뒤늦게 떠올랐다. 그녀는 영정을 꼭 끌어안고 고백했다.

"여보, 고마웠어요. 당신은 비록 경제적으로 유능한 남편은 아니었지만…내가 아는 최고의 남편이었어요. 누구보다도 성실했고…누구보다도 자상했고…누구보다도 가정적이었죠. 당신이 곁에 있어줘서…인정받는 커리어 우먼이 될 수 있었어요. 또한…내가 아는 사람 중에서 최고의…아버지…."

그녀의 슬픈 목소리가 영안실을 울렸다.

말에도 적절한 시기가 있다. 그런데 그 시기를 놓친 때문일까. 그녀가 남편에게 바치는 헌사는 더없이 처량하고 공허하게만 들려왔다.

세상에서 가장 뛰어난 작품일지라도

상상만 하고 있으면 그 가치를 평가할 수 없습니다.

아무리 좋은 감정도

말로 표현하지 않으면 모릅니다.

말에도 유통기한이 있습니다.

말해야 할 시기를 놓쳐버리면

머릿속에서 맴돌다 폐기처분 됩니다.

왠지 모를 부끄러움이나 어색함 때문에

입안에서 굴리던 말을 삼키지 마세요.

다음을 기약하지 마세요.

지금이 마지막 기회입니다.

인간의 감정은 수시로 변합니다.

100년을 살아도 똑같은 순간은 두 번 다시 주어지지 않습니다.

지금 표현하지 못하면 영원히 할 수 없습니다.

가까운 사람일수록 고마움을 표현하세요.

가까운 사이일수록 그 가치를 알아줍니다.

세상의 그 어떤 꽃이

진심 어린 말 한마디보다 아름다울까요?

고맙습니다.

존경합니다.

사랑합니다.

그대와 함께 있어서 참 행복합니다!

귀감이 되는 삶

저우언라이(周恩來)는 중국 역대 지도자 중 최고로 존경받는 인물이다. 톈안먼 광장에 세워진 추도 시비에는 다음과 같은 글이 새겨져 있다.

'인민의 총리로 인민이 사랑하고, 인민을 사랑하고, 총리와 인민이 동고동락하여 인민과 총리의 마음이 이어졌다.'

저우언라이는 몸에 밴 검소한 생활로 유명하다. 비가 새는 낡은 관저에서 살았으며 옷 한 벌도 수십 번을 기워 입었다. 30년을 중화인민공화국의 총리로 지냈던 그가 죽을 때 남긴 유산은 우리 돈 60만 원에 불과했다.

제6대 총리(2003~2013)였던 원자바오(溫家寶)는 저우언라이의 뒤를 잇는 근검한 지도자로서 인민의 기대를 모았다. 2006년 춘절에 그는 산둥성 일대 농가를 방문했다. 그때 입었던 점퍼가 눈 밝은 누리꾼에 의해서, 11년 전 정치국 후보위원으로 산둥성을 방문했을 때 입었던 점퍼와 같다는 사실이 밝혀졌다. 중국인들은 인터넷에 오른 두 장의 사진을 보며 찬사와 함께 감격의 눈물을 흘렸다.

원자바오가 2006년 7월에 허난성에 시찰차 들렀을 때는 2년 전 방문할 때 신었던 운동화를 신고 있었다. 그런데 그 운동화 밑창이 터져 있어서 다시 한번 세간의 화제에 올랐다.

평소 근검절약해서 중국인의 귀감이 되었던 그였지만 저우언라이와는 달리 일종의 해프닝으로 끝났다.

원자바오의 근검절약은 실제가 아니라 '서민 코스프레'였음이 밝혀졌다. 2012년 10월 《뉴욕타임스》는 기업 공시와 감독 당국의 기록 등의 자료를 근거로 그의 어머니, 아들과 딸, 동생, 처남 등의 명의로 등록된 재산이 최소 27억 달러(약 3조 원)에 이른다고 보도했다.

당시 총리였던 원자바오는 권력을 이용해 사리사욕을 채운 적이 없다며 당 지도부에 자신의 재산에 대한 공개조사를 요구하는 한편, 《뉴욕타임스》에 공개편지를 보내며 보도 자체를 강력하게 부인했다. 하지만 아들과 사위가 조세 회피처에 페이퍼컴퍼니를 설립한 사실이 뒤늦게 확인되었다.

여성 최초로 2011년부터 2014년까지 《뉴욕타임스》 편집국장을 지낸 에이브람슨은 자신의 저서 『진실의 상인들』에서 충격적인 사실을 폭로했다. 2012년 원자바오 총리의 부패 기사를 싣고 난 뒤 중국 측의 반발이 거세지자, 《뉴욕타임스》 발행인이 중국대사관의 자문을 받아가며 직접 비굴한 내용의 사과 편지를 썼다는 것이었다. 《뉴욕타임스》는 곧바로 부인했지만 미국인들은 에이브람슨의 말을 진실로 받아들이는 분위기다.

공직자로서 만인의 귀감이 되기란 쉽지 않다. 혼자만 독야청청한들 누가 인정해주겠는가. 가족들이 온갖 비리를 저지르고 다닌다면.

한국 사회를 살아가면서 슬픈 일 가운데 하나는 각계각층에서 귀감이 될 만한 인물을 찾기가 쉽지 않다는 점이다. 여러 가지 이유가 있겠지만 그중 하나는 약속을 가볍게 여기는 사회 풍조 때문이다.

니체는 '사람은 자기가 한 약속을 기억할 만한 기억력은 지녀야 한다'고 말했다. 자기가 내뱉은 약속은 반드시 지켜야 한다는 우회적인 표현이다.

그러나 우리 현실은 어떠한가?

정치인은 자신의 이익에 따라 정계 은퇴와 번복을 밥 먹듯이 한다. 의사는 히포크라테스 선서를 뒤로한 채 의술을 이용한 돈벌이에 혈안이 되어 있다. 법조인이나 경찰의 실태 또한 크게 다르지 않다. 존경받는 종교인마저도 권력을 이용한 온갖 부정부패를 자행하고 있는 것이 한국의 실정이다.

누군가를 존경한다는 것은 큰 행복이다. 존경이란 절대복종이다. 갈등 없는 마음이요, 평화로운 마음이다. 누군가를 진심으로 존경하면 세상이 아름답게 보인다.

존경은 신뢰에서부터 비롯된다. 신뢰란 약속이 제대로 지켜질 때 형성된다. 그러나 사회 전반에 걸쳐서 기본적인 약속조차 지켜지지 않다 보니 누군가를 신뢰하기가 쉽지 않다.

우리는 '윗물이 맑아야 아랫물도 맑다'고 배웠다. 하지만 정작 어떻게 행동하고 있는가?

횡단보도를 건널 때 신호등을 무시하고, 턴할 곳이 마땅치 않다고 중앙선을 침범해서 차를 돌리는 부모에게서 아이들이 무얼 보고 배우겠는가? 뒤에서는 선생님에 대해서 온갖 흉을 보다가 앞에 가서는 굽실거리는 부모의 이중적인 태도를 보며 어떤 생각을 하겠는가?

만인의 귀감이 되지는 못할지라도 가까운 사람들에게만큼은 귀감이 되어야 한다. 그들의 삶에 가장 큰 영향을 끼치기 때문이다. 귀감이 될 수만 있다면 투자비용 대비 가장 높은 교육효과를 얻을 수 있다.

약속을 지키는 것도 일종의 습관이다. 작은 일을 해내다 보면 큰일을 해내듯, 작은 약속을 지키는 사람이 큰 약속도 지킨다. 철학자 칸트는 시간표를 짜놓고 정확히 지켰고, 에이브러햄 링컨은 아홉 살 때 임종을 앞둔 어머니에게 술, 담배를 하지 않겠다고 한 약속을 평생 지켰다.

세상의 모든 위대한 일들은 사소함에서부터 출발한다. 자신과의 약속을 지키고, 가족과의 약속을 지키고, 이웃과의 약속을 지켜 나가자.

지금은 인류가 살아왔던 그 어느 때보다 '열린 시대'다. 20세기 후반만 하더라도 웬만한 부정쯤은 몇 사람만 눈감아 주면 충분히 감출 수 있었다. 하지만 지금은 그런 식으로 진실을 감출 수 없다.

지식 정보화 사회에는 스스로 한 약속은 물론이고, 직업이나 지

위에 따르게 되는 약속을 철저히 지키며 살아갈 필요가 있다. 그 길이 마음 편하게 살아가는 길이요, 후회 없이 사는 길이요, 귀감이 되는 삶이다.

작은 나무들이 자라서 울창한 숲을 이루고
가는 물줄기가 합쳐져서 강을 이룹니다.
그대가 손해를 감수하고 지킨 작은 약속은
누군가의 가슴에서 한 알의 씨앗이 됩니다.
그 씨앗이 자라나서 더 살기 좋은 세상을 만듭니다.

평생을 비겁하게 살아온 이들은
떵떵거리며 세상을 살아가는 듯 보여도
자신이 만든 지옥 속에서 가슴 졸이며 살아갑니다.
"사는 게 뭐 다 그렇고, 그렇지!"라고 자위해도
가슴 한편에 달라붙는 불안감만은 어찌할 수 없습니다.

약속을 지키려면 용기가 필요합니다.
때로는 불이익을 감수해야 합니다.
그래도 귀감이 되는 삶을 사세요.
살아가는 동안 다소 불편할지 몰라도
그 길이 '그래도 후회 없는 삶' 입니다.

비우고 나면 보이는 것들

　M은 30대 초반에 의류 업종에 뛰어들었다. 처음에는 중개상을 하다가 돈을 모아 동대문에 점포를 얻었다. 경기가 좋을 때는 대구에서 원단을 떼어와서 공장에서 직접 의류를 생산하기도 했다.

　그러다 국내 사업을 접고 수출 위주로 돌아섰다. 바이어는 국적도 다양했고, 요구 조건도 다양했다. 벤더(vendor)의 특성상 그들이 원하는 제품을 생산해서, 원하는 기일 내에 납품하다 보니 일이 끝이 없었다. 자정을 넘기는 건 예사였고, 어떤 때는 밤을 꼬박 새우기도 했다.

　그는 40대 중반에 뇌졸중으로 쓰러졌다. 운동 부족, 과로, 스트레스 등이 주요 원인이었다. 다행히도 출근 시간에 쓰러져서 곧바로 병원으로 이송되었고, 증세가 심하지 않아서 열흘 만에 퇴원했다.

　두 번째 쓰러진 것은 그로부터 5년 뒤였다. 이번에는 상황이 심각했다. 처음 쓰러졌을 때는 약물치료로 끝났는데 이번에는 수술까지 받아야 했다.

다행히도 수술은 잘 끝났다. 퇴원할 시기가 되자 아내가 물었다.

"당신, 평생 일만 하다 죽을 작정이에요? 건강도 안 좋은데 그만 은퇴하는 건 어때요?"

곰곰이 생각해보니 아내 말도 일리가 있었다. 평생 일만 하다가 어느 날 갑자기 죽음을 맞이하고 싶지는 않았다. 하지만 이제 고작 50이었다. 아무리 생각해도 은퇴하기에는 일렀다.

"앞으로 딱, 5년만 더 일하고 그만둘게!"

그는 아내를 설득했고, 힘겹게 약속을 받아냈다.

5년은 예상보다 훨씬 빨리 지나갔다. 그는 함께 일했던 직원들에게 회사를 물려주었다.

아내와 약속을 지키기 위해서 살던 아파트를 처분하고 강원도로 내려갔다. 아들은 직장을 다니기 시작한 데다 딸은 출가해서 한결 홀가분한 마음으로 떠날 수 있었다.

내가 그를 찾아간 것은 그로부터 3년쯤 지나서였다. 강원도를 지나다가 문득 생각나서 전화했다. 한참 뒤 그가 경운기를 몰고 나타났다.

"오랜만일세!"

그는 특유의 사람 좋은 웃음을 흘리며 허물없이 반겼다.

그러나 내가 상상했던 모습과는 너무도 달랐다. 워낙 많이 봐서 귀농인과 토착 농부는 한눈에 분간할 수 있었다. 그는 귀농인보다는 토착 농부에 가까웠다. 검게 그을린 피부, 허름한 옷, 흙이 잔뜩 묻은 운동화, 귀퉁이가 떨어져 나간 밀짚모자를 쓴 그의 모습이 낯설었다.

차를 몰고 경운기 뒤를 따라갈 때만 해도 전망 좋은 곳에 세워진 전원주택을 예상했다. 도시 생활을 정리하고 귀농하면 열에 아홉은 그렇게 살았다.

경운기가 멈춰 선 곳은 마을과 외떨어진 한적한 산자락 아래였다. 시골 어느 곳에서나 흔히 볼 수 있는 허름한 집 한 채가 납작하게 엎드려 있었다. 그는 집 앞 공터에 경운기를 세웠고, 앞장서서 집 안으로 들어갔다.

"여기가 내가 사는 곳이야!"

삐걱거리는 파란색 철대문은 집이 지어진 지 상당히 오래됐음을 온몸으로 고백했다. 마당은 겉보기보다 널찍했다. 한편에는 수도가 놓여 있고, 담장 아래에는 각종 채소가 자라고 있었다.

나는 그의 서울 집을 여러 차례 가봐서 세간이며 살림살이에 대해서도 잘 알았다. 형수가 엔틱가구를 모으는 게 취미라서 집 안에 들어서면 고풍스러운 분위기가 풍겼다. 그런데 집 안 분위기가 완전히 바뀌어 있었다. 엔틱가구는 물론이고, 코끼리처럼 거대했던 냉장고조차 보이지 않았다.

"형수님, 그 많던 가구하고 가전제품은 다 어떻게 하셨어요?"

"시골 생활에는 어울리지 않을 것 같아서 처분했어요! 대부분 지인들에게 나눠줬고, 일부는 복지재단에 기증했어요."

그들은 몸만 서울을 떠난 게 아니었다. 삶 자체가 완전히 바뀌어 있었다. 주방은 입식이기는 했지만 살림도구는 조촐했다. 가전제품이라고는 텔레비전, 냉장고, 세탁기, 청소기, 가스레인지가 전부였다.

서재에 가득했던 수천 권의 책은 물론이고, 갈 때마다 내가 감탄했던 원목 책상과 앉으면 자동으로 몸을 떠받쳐 주던 의자도 보이지 않았다.

저녁을 먹고 나자 귀향하던 해에 담근 술이라며 매실주를 내왔다. 우리는 술을 마시며 이런저런 이야기를 나눴다.

"물욕을 버리니까 비로소 참된 행복이 보이더라."

"그걸 깨닫는 데 꼬박 3년 걸렸네요!"

부부는 더없이 건강하고 행복해 보였다.

나는 그날 밤, 건넛방에 홀로 누웠다. 날씨도 포근하고 해서 창을 열자 환한 달빛이 방 안에 쏟아졌다.

살림살이 하나 없는 텅 빈 방에 홀로 누워서 풀벌레 소리를 듣고 있으니 마음이 참으로 편안했다. 빈 공간이 주는 행복이 뭔지 비로소 알 것 같았다.

'무소유 정신'을 몸소 실천한 성철 스님이 열반에 들고 나서 그의 유품이 장안의 화제가 되었다. 평생 입은 누더기 가사, 검정고무신, 삿갓, 지팡이, 낡은 노트, 볼펜 등이 고작이었다.

그로부터 17년이 흘러 법정 스님이 열반에 들었다. 그분이 남긴 유품 역시 초라하기 그지없었다. 여름에 즐겨 쓰던 밀짚모자, 청풍이란 글이 새겨진 부채, 손때 묻은 만년필과 안경 등이 전부였다.

두 스님의 유품을 보면 한세상 살아가는 데 정작 필요한 것은 그리 많지 않음을 깨닫게 된다.

우리는 '비움'보다 '채움'에 익숙해져 있다. 인생의 허전함 내지는 헛헛함을 채움으로 달래려 한다. 필요 이상 음식을 먹고, 있어도 그만이고 없어도 그만인 물건을 수시로 사들인다. 처음에는 기쁘지만 그 기쁨은 오래가지 못한다. 우리는 굶주린 하이에나처럼 또 다른 물건을 찾아 헤맨다. 그렇게 한 번뿐인 귀중한 인생을 소비하며 살아간다.

채움이 욕망이라면 비움은 욕망으로부터 한 발짝 물러서는 행위다. 굶주린 자에게 적당한 음식은 활기를 불어넣지만 과식은 오히려 병을 부른다. 집 안에 적당한 살림도구는 삶에 편리를 주지만 지나칠 경우 오히려 답답하고 불편하다.

채움이 순간적인 기쁨을 준다면 비움은 편안함을 준다. 물질적인 것이든 정신적인 것이든 가끔은 정리할 필요가 있다.

비움은 어렵지 않다. 눈에 보이는 것부터 하나씩 처리해나가면 된다.

화초가 죽어버린 빈 화분은 치우지 않으면 이사 갈 때까지 그 자리에 놓여 있게 된다. 고장 난 가전제품은 한 달 이내에 고치지 않으면 다시 고쳐 쓸 확률이 희박하다. 3년 동안 한 번도 펼쳐 보지 않은 책은 평생 읽지 않는다. 1년 동안 한 번도 입지 않은 옷은 앞으로도 안 입는다.

이웃에게 줄 수 있는 물건은 주고, 기부할 수 있는 건 기부하고, 버릴 건 버리자. 비우고 나면 넓어진 공간만큼 삶의 여유가 생긴다.

가끔은 머릿속도 정리하자.

일어나지도 않은 일에 대한 걱정은 이제 그만두자. 아무리 걱정해 봐도 당장 내가 할 수 있는 게 없다면 머릿속에서 아예 치워버리자.

나를 지치고 힘들게 하는 불필요한 인맥도 정리하자.

박쥐처럼 여기 붙었다 저기 붙었다 하면서 이간질하는 사람, 지나치게 이기적인 사람, 자기 자랑만 늘어놓는 사람, 술 마시면 몇 시간이고 찰거머리처럼 붙들고 늘어지는 사람, 무슨 일이든 돈내기를 하려는 사람, 상대방의 기분은 전혀 배려하지 않고 자기 말만 하는 사람, 부정적인 성향이 강해서 만나고 나면 정신적으로 피곤한 사람 등등은 정리하는 게 낫다.

관계의 기본은 행복 추구다. 만남을 통해서 행복해지기는커녕 점점 불행해진다면 그 관계는 잘못된 것이다.

마지막으로 정리해야 할 것은 '집착'이다. 뚜렷한 목표를 정해놓고 살아가는 건 여러모로 바람직하다. 정신 건강에도 좋을뿐더러 삶에 활력을 준다.

그러나 목표 달성을 위해서 수단 방법을 가리지 않는다면 잘못된 것이다. 결과 못지않게 과정도 중요하다. 가족이나 지인들의 눈살을 찌푸릴 정도의 지나친 승부욕이나 집착은 일종의 병이다. 비록 돌아서 가는 한이 있더라도 나의 성공을 통해서 여러 사람이 행복해질 수 있는 길을 선택해야 한다.

채움은 쾌락을 주지만 더 큰 욕망과 스트레스를 수반한다. 그러나 비움은 처음에는 허전해도 시간이 지날수록 편안함을 안겨준다. 또한 인생 전반에 대해서 돌아보게 한다.

머릿속이 복잡하고 혼란스러운 까닭은 삶이 지나치게 복잡하기 때문이다. 가지치기를 하듯 불필요한 것들을 쳐내라.

삶이 단순해질수록 마음도 편안해진다.

유년 시절, 시장 끄트머리에 사는 친구에게 책을 빌리기 위해
집을 나선 적이 있습니다.
장날이어서 시장은 시끌벅적했습니다.
장 구경에 정신이 팔려 친구 집은 가보지도 못하고
해 질 무렵 집으로 되돌아왔습니다.

세상을 열심히 살아가다 보면 일에 정신이 팔려서
정작 살아가는 이유를 잊기도 합니다.

수행자들이 무소유를 실천하며 살아가는 이유도
본질을 깨닫기 위함입니다.
삶의 편리를 위해서 채운 것들로 인해
삶이 불편하지는 않나요?
삶의 행복을 위해서 맺은 인간관계로 인해서
오히려 불행하지는 않나요?
비워야 보입니다.

살아가는 즐거움은
어디 숨었을까

40대 중반인 Y는 오늘도 습관처럼 한숨을 내쉬었다.

텔레비전에서는 해외여행객이 사상 최대치를 기록했다는 뉴스가 흘러나왔다. 연휴를 맞아 유원지는 인파로 미어터질 듯했고, 영화관은 연인이나 가족 단위 관람객으로 넘쳐났다.

그는 채널을 이리저리 돌리다가 종료 버튼을 눌렀다. 다들 즐겁고 신나게 살아가는데, 자신만 홀로 별개의 세상에서 살아가는 것만 같아서 입안이 씁쓰름했다.

돌이켜보면 지난 세월은 나쁘지 않았다. 유복한 집안은 아니었지만 성실한 부모님 덕에 별다른 어려움 없이 성장했다. 친구들하고도 사이가 좋았고, 대학도 평소 실력에 비해서 잘 들어갔다. 취업도 대기업 계열사에 들어갔으니 무난한 편이었다.

불행은 참새 떼처럼 몰려다닌다고 하더니 아내의 죽음과 함께 연이어 찾아왔다. 30대 중반에 불과했던 아내는 유흥지에 놀러 갔다가 불의의 사고로 세상을 떠났다. 죽은 사람도 죽은 사람이지만 어린 자식들과 살아갈 날을 생각하니 눈앞이 깜깜했다.

슬픔을 애써 감춘 채 살아가고 있는데, 어느 날 갑자기 회사가 공중분해 됐다. 적자가 계속되자 사업을 정리한 것이었다. 그는 졸지에 실업자가 되었다.

상심해서 지내는데 초등학교 5학년 아들이 철봉에서 떨어져 팔이 부러졌다. 깁스를 채 풀기도 전에 이번에는 3학년 딸이 장염에 걸려 병원에 입원했다.

하루하루가 살얼음판을 걷는 기분이었다. 눈 씻고 찾아봐도 낙이 없었다. 그토록 재미있던 프로야구 경기마저도 시들했다. 거실에 앉아 경기를 시청하고 있으면 '누가 이기든 그게 나랑 무슨 상관이란 말인가?' 하는 생각이 들곤 했다.

'살아가는 즐거움은 대체 어디에 있는 걸까?'

비로소 '인생은 고해(苦海)'라는 말이 실감 났다. 미래에 대한 온갖 불안과 걱정에 시달리며 아이들 뒷바라지를 하고 잔소리를 하다 보면, 눈 깜짝할 사이에 하루가 지나갔다.

날이 갈수록 가슴이 답답했다. 한밤중에 아파트 베란다에 가만히 앉아 있으면 불쑥 뛰어내리고픈 충동이 일기도 했다. 하지만 고아로 살아가야 할 어린 자식들을 생각하면 차마 그럴 수는 없었다.

갑갑한 현실을 잠시라도 잊기 위해 술이라도 한잔 마시고 싶었다. 하지만 선천적으로 위장이 약해서 그마저도 쉽지 않았다. 마시려면 못 마실 것도 없지만 깨고 나면 고생할 걸 빤히 알기 때문이었다.

고민이 깊은 때문일까. 깊은 잠을 이룰 수 없었다. 자주 악몽을 꾸었고, 소스라치게 놀라 눈을 떠보면 한밤중이었다.

그는 가슴이 답답해서 새벽마다 집 앞 호수공원으로 산책을 나갔다. 몽유병 환자처럼 공원을 맴돌다 보면 여명이 밝아왔다. 그럼 집으로 돌아와서 아침밥을 짓곤 했다.

그러던 어느 날, 똑같은 운동복을 입고 떼 지어 달리는 한 무리의 사람들을 발견했다. 문득, 숨이 끊어지도록 달려보고 싶다는 생각이 들었다. 그는 자신도 모르게 그 사람들을 따라서 달리기 시작했다.

500미터쯤 따라갔을까?

오랜만에 운동을 한 때문인지 눈앞이 어질어질해지면서 당장이라도 숨이 멎을 것처럼 가빠왔다. 주저앉고 싶었지만 이를 악물고 달렸다. 그렇게 300~400미터쯤 달리자, 눈앞이 깜깜해지면서 옆구리가 결려왔다.

그는 무너지듯 땅에 주저앉았다. 숨이 당장이라도 넘어갈 듯 고통스러웠다. 그러나 몸 안 가득 알 수 없는 희열이 차올랐다.

그날 이후로 그는 호수공원을 매일 달리기 시작했다. 처음에는 500미터만 달려도 힘들어서 걷곤 했는데 보름쯤 지나자 한 바퀴는 쉬지 않고 달릴 수 있었다. 그렇게 반년이 지나자 체중이 줄면서 뱃살이 눈에 띄게 빠졌고, 덩달아 위장도 좋아졌다. 시도 때도 없이 불쑥불쑥 치밀어 오르던 짜증이나 울화도 가라앉았다.

생활은 달라진 게 없지만 세상이 변했다. 그제야 한동안 잊고 살왔던 계절의 변화가 눈에 들어왔다. 고개를 들면 다양한 표정을 짓고 있는 구름이 보였고, 계절마다 조금씩 달라지는 바람의 향기를 느낄 수 있었다.

또한 '아내가 남겨놓고 떠난 짐'으로만 생각했던 아이들의 모습이 제대로 눈에 들어왔다. 아이들은 하루가 다르게 성장하고 있었다. 자기들끼리 장난치다 집 안의 물건을 깨거나 부딪쳐 다쳐도 예전처럼 잔소리를 하지 않았다. '아이들이 다 그렇지!'라는 생각이 들어서, 오히려 당황해하는 아이들을 달래주곤 했다.

하루는 예전 직장 동료를 만났는데 깜짝 놀랐다.

"왜 이렇게 긍정적으로 변했어? 로또라도 맞은 거야?"

"모르겠어요! 요즘은 그냥 사는 게 재미있네요."

그는 자신의 변화를 달리 설명할 길도 없었고, 굳이 설명하고 싶지도 않았다.

조깅을 시작한 지 1년쯤 지나자 다시 일을 시작해야겠다는 생각이 들었다. 그는 통장에 남아 있는 돈과 아파트를 담보로 은행에서 융자받은 돈을 합쳐서 패스트푸드점을 시작했다.

굼벵이처럼 느릿느릿 지나가던 시간의 속도가 갑자기 빨라졌다. 하루 스물네 시간이 어떻게 지나갔는지 알 수 없을 정도로 바쁜 날들이 이어졌다.

전 재산을 쏟아부은 일이라 걱정도 이만저만이 아니었다. 그는 자정이 넘어서 집에 돌아와도 새벽 5시면 어김없이 눈을 떴다.

그는 하품을 물고 호수공원으로 갔다. 오늘 해야 할 일에 대해서 생각하며 달리다 보면 한 시간이 훌쩍 지나갔다.

아이들 식사를 챙겨서 학교에 보내고 대충 정리한 뒤 출근했다. 매장을 오픈하고 아르바이트생이 올 때까지 직접 서빙을 하다가, 아이들 돌아올 시간에 집에 돌아와 식사와 간식거리를 챙겨 주고, 다시 매장으로 나갔다.

숨 돌릴 틈 없이 바쁜 삶이었지만 만족스러웠다. 단 한 가지 소원이 있다면 잠을 푹 자보는 것이었다. 새벽 조깅을 하지 않으면 잠을 좀 더 잘 수 있지만 운동을 잠과 바꾸고 싶지는 않았다. 살아갈 용기와 살아가는 즐거움을 찾아준 것이 바로 운동이기 때문이었다.

최저시급이 상승하는 바람에 그가 매장에서 일하는 시간은 좀 더 늘어났다. 그는 바쁜 와중에도 1년에 두 번은 마라톤대회에 참가한다. 새벽 운동을 계속하기 위한 동기를 부여하기 위함이다.

"건강한 자는 모든 희망을 품을 수 있고,
희망을 품은 자는 모든 꿈을 이룬다."
아라비아 속담입니다.
건강은 인생을 떠받치고 있는 반석입니다.
몸에 병이 없으면 건강하다고 착각하기 쉬운데
정신이 병들어 있다면 육체가 멀쩡해도 환자입니다.
건강한 정신을 가능하게 하는 것이 바로 운동입니다.
인류는 오랜 기간 수렵생활을 해와서

유산소 운동을 하면 유전자가 즐거워합니다.

과다한 운동은 스트레스 호르몬인 코르티솔을 분비하지만

적절한 운동은 행복 호르몬인 도파민을 분비합니다.

심리적인 안정감 속에서 심장이 빠르게 뛴다는 것은

사냥을 하고 있다는 것이고

사냥을 한다는 것은 가족과 함께 맛있는 음식을 먹을 수 있는

희망이 있다는 뜻입니다.

살아가는 원초적 즐거움이 살아 숨 쉬는 곳,

운동의 세계로 초대합니다.

그곳에서부터 잃어버린 즐거움을

하나씩 찾아나가시기 바랍니다.

순간에 충실하자

외국계 회사에 근무하는 H대리는 근래 들어 집중력이 떨어져서 고민이다.

회의 시간에는 엉뚱한 생각을 하다 흐름을 놓치기 일쑤고, 외국인 임원과는 영어로 대화 도중 멍 때리다 한두 문장씩 놓치기 일쑤였다.

친구와 대화하거나 아내와 대화할 때도 마찬가지였다. 진지하게 고개를 끄덕이며 열심히 듣고 있는 것 같지만 실제로는 아무것도 듣고 있지 않을 때가 많았다.

영화나 텔레비전을 봐도 기억이 나지 않았다. 부유물처럼 머릿속을 떠다니는 생각을 좇아 배회하다 보면 어느새 끝나 있었다.

그는 학창 시절은 물론이고 입사하고 나서도 집중력 때문에 고민해본 적은 없었다. 어려운 프로젝트도 수행해냈고, 까다로운 성격의 아내와 3년간의 데이트 끝에 결혼했고, 섬세한 배려로 산후 우울증에 시달리는 아내를 달래주기도 했다.

그때는 세상이 반짝반짝 빛이 났다. 그런데 집중력이 떨어지면서부터는 초점이 맞지 않은 안경을 쓴 것처럼 세상이 흐릿하게 보였다. 삶의 활기는 물론이고 즐거움도 현저히 감소했다. 밤늦게 소파에 누워서 하품을 삼키며 리모컨으로 채널을 이리저리 돌리다 보면, '재미도 없는 세상을 왜 사는 걸까?' 하는 생각이 들곤 했다.

아내는 기력이 쇠해져서 그렇다며 보약을 지어왔다. 그러나 보약을 먹어도 상태는 나아지지 않았다. 모든 게 선명했던 지난날이 그리웠다.

하루는 지친 몸을 끌고 버스에서 내려 집으로 걸어가는데 명상센터가 눈에 들어왔다.

"어? 우리 동네에 이런 곳도 있었어?"

간판을 보니 근래에 문을 연 것 같지는 않았다. 창문에 붙여놓은 글자 색도 누렇게 바래 있었다.

그는 호기심에 건물 안으로 들어갔다. 명상센터는 3층에 있었다. 유리문을 열고 안으로 들어가니 몇몇은 명상 중이었고, 몇몇은 낮은 목소리로 대화를 나누고 있었다.

안을 둘러보고 있는데 온화한 인상의 50대 남자가 다가왔다.

"어떻게 오셨습니까?"

"지나가다가…구경 왔습니다."

"들어오세요. 차나 한잔하고 가세요."

그는 사범의 권유대로 도장 안으로 들어갔고, 녹차를 마시며 면담을 했다. 집중력 부족을 호소하자 사범은 이렇게 말했다.

"많은 분들이 호소하는 증상이지요. 세상의 변화 속도가 너무 빠르다 보니 마음이 미처 따라가지 못해서 생기는 현상입니다. KTX를 타보셨으면 실감하시겠지만 열차 속도만 빨라진 것이 아니라 삶의 속도도 그만큼 빨라졌습니다. 거기다 정보 과잉 시대 아닙니까? 환경의 변화에 적응하다 보니 뇌의 정보 처리 속도도 빨라질 수밖에요. 그러나 쏟아지는 정보 양이 워낙 많다 보니 뇌는 알게 모르게 피로감을 호소하고 있습니다. 지금 선생님이 느끼는 증상도 뇌에서 보내는 위험 신호 가운데 하나입니다. 정신 분열증 때문에 명상센터를 찾아오는 분들도 점점 늘어나고 있는 추세입니다."

"정신 분열증이라면 정신과에 가야 하는 거 아닌가요?"

"상태가 심각한 분은 정신과를 권하지요. 하지만 대다수가 초기 증세입니다. 예를 들면 식당에서 밥을 먹는데 부장이 업무를 지시하는 환청이 들려온다든가, 친구와 밤늦게 술을 마시는데 갑자기 아내의 얼굴이 눈앞에 보인다든가 하는 거죠."

그 역시 유사한 체험을 한 적이 있어서 고개를 끄덕였다.

"몸과 마음이 각기 다른 장소에 있다 보니 생기는 현상입니다. 인디언들은 말을 타고 달리다가 가끔씩 멈춰 서서 뒤를 돌아본다고 합니다. 자신의 영혼이 따라오기를 기다리는 거죠. 지금 우리에게 필요한 것은 인디언의 지혜가 아닐까 싶습니다."

사범과 많은 대화를 나눈 뒤, 명상센터에 등록했다. 인디언처럼 스스로 브레이크를 걸고 멈춰서야 할 순간이라는 사실을 직감했기 때문이었다.

그는 도장에서는 물론이고, 집이나 사무실에서도 틈날 때마다 명상을 했다. 또한 몸의 모든 감각을 깨우기 위해서 집중했고, 현재의 순간에 충실하려고 노력했다.

일할 때는 오로지 일에 전념했고, 대화할 때는 상대의 눈을 보며 이야기에 공감하고자 노력했고, 음악을 들을 때는 잡다한 생각을 멈추고 음악에 귀를 기울였고, 영화를 볼 때는 장면 하나하나에 깊숙이 빠져 들어갔다. 또한 식사할 때는 음식이 지닌 특유의 맛을 음미하려고 집중했으며, 길을 걸을 때는 걸음걸이에 몰입했고, 노을을 바라볼 때는 노을이 지닌 그 자체의 아름다움에 젖어들었다.

문득, 미래에 대한 막연한 불안감이 밀려들 때, 과거에 저질렀던 실수가 떠오를 때, 수시로 떠오르는 성적 욕망이 몸집을 불리려 할 때는 복식 호흡을 하거나 눈을 감고 명상을 했다. 짧은 시간이라도 복식 호흡이나 명상을 하면 잡생각이 시간의 강줄기를 타고 자연스럽게 떠내려갔다.

그는 자신의 위치를 수시로 확인했다. 지금 어디서 어떤 자세로 무슨 일을 하고 있는지 객관적으로 바라보았고, 그 일에 충실하고자 노력했다.

그러다 보니 집중력은 물론이고 공감 능력이 점점 발달했다. 나이를 먹으면서 감정도 메말라갔는지 수많은 사람이 끔찍하게 죽은 사건을 접해도 무덤덤했는데, 명상을 생활화하면서부터는 이웃들의 고통과 슬픔을 고스란히 느낄 수 있었다.

1년쯤 지나자 세상의 초점이 제대로 맞춰졌다. 색은 깊고 풍부해졌고, 형체는 선명해졌다. 음악을 들으면 선율의 변화는 물론이고 노래하는 사람의 감성 상태를 느낄 수 있었고, 꽃을 보면 섬세한 아름다움에 쉽게 눈을 떼지 못했다.

지극히 평범한 하루하루가 엄청난 축복이라는 깨달음이 밀려오면서, 신나는 놀이를 발견한 아이처럼 삶이 마냥 즐겁기만 했다.

비로소 '야, 나는 제대로 살고 있구나!' 하는 생각이 들었다.

살아가다 보면 놓쳐서는 안 될 '결정적 순간'을 마주하게 됩니다.
직감적으로 느끼기도 하고
모르고 지나쳤다가 뒤늦게 깨닫기도 합니다.
대체로 전자는 순간에 충실한 사람이고
후자는 순간을 놓치고 살아가는 사람입니다.

다들 인생은 처음이다 보니

기대도 제각각이고 살아가는 방식도 제각각입니다.

또한 평가도 제각각입니다.

그래도 후회 없는 인생을 살고 싶다면

눈앞의 생에 충실해야 합니다.

물고기도 잡아본 사람이 잘 잡고

음식도 먹어본 사람이 잘 먹기 마련입니다.

자기 앞의 생, 그 순간을 놓치지 않고 살아야

'결정적 순간'을 잡을 수 있습니다.

매 순간을 놓치고 살아간다면

100년을 산들 무엇이 남겠습니까?

CHAPTER 3

숲에 사는 요정들

기쁨은 스며드는 것이요,
슬픔은 드러나는 것이다.

— 윌리엄 블레이크(William Blake), 영국의 시인

알파가 있는 삶

6년 차 직장인 G대리는 완벽에 가까운 남자다. 직장에서는 '촉망 받는 직원'이요, 친구들 사이에서는 '멋진 놈'이요, 가정에서는 '자상한 가장'이다.

그는 경기도 분당에 산다. 평상시처럼 차를 몰고 강남으로 출근 하는데 사고라도 났는지 극심한 정체가 빚어졌다. 입사 후 한 번도 지 각을 안 해본 때문일까. 정체가 풀리기를 기다리다 보니, 갑자기 머 리가 깨어질 것 같은 두통과 함께 호흡 곤란이 찾아왔다. 차창을 열 고 길게 심호흡을 했다. 그러나 증상은 쉽게 사라지지 않았다. 그러 다 문득, 반대편의 텅 빈 차선을 보았다. 핸들을 꺾어서 한적한 곳으 로 사라지고 싶다는 강렬한 충동이 밀려왔다. 그는 충동을 억누르기 위해서 몸을 부르르 떨어야만 했다.

회사에 도착하니 무려 20분이나 지각이었다. 헐레벌떡 사무실로 올라갔다. 온갖 불길한 상상이 머릿속에서 연이어 떠올랐다.

그러나 사무실은 평상시와 다름없었다. 팀장은 그에게 눈길조차 주지 않았고, 팀원들은 눈길이 마주치자 소리 없는 미소로 맞아주었다. 입사 후 처음 있는 일인지라 눈감아 주기로 무언의 약속이라도 한 듯했다.

다시 평화로운 일상이 시작되었다. 그러나 그는 아침에 출근할 때면 반대편 차선을 힐끔거리며 돌아보곤 했다. '텅 빈 차선'을 발견했을 때의 느낌을 떠올리면서.

그가 처음으로 월차를 낸 것은 그로부터 일주일 뒤였다. 아내가 아이를 출산했을 때도 쓰지 않았던 월차였다.

회사에는 물론이고, 아내에게도 말하지 않고 평상시처럼 차를 몰고 집을 나섰다. 국도를 타고 무작정 남쪽으로 내려갔다. 콘크리트 숲을 빠져나오자 전원이 펼쳐졌다. 고만고만한 크기의 소도시를 지날 때면 유년 시절의 추억들이 빠르게 스쳐 지나갔다.

그는 지방 소도시에서 살았는데 '천재'나 '영재' 소리를 들으며 자랐다. 다섯 살 때 한글을 익혔으며, 일곱 살 때 천자문을 뗐고, 아홉 살 때는 기본적인 영어 회화를 했다. 다들 부러워했지만 그 이면에는 남모르는 어머니의 혹독한 교육이 숨어 있었다.

건설업을 하던 아버지는 밖으로 나돌아 다녔다. 서울의 명문여대 출신이었던 어머니는 달리 마음 붙일 곳이 없었다. 그가 태어나자 전적으로 자식 교육에 매달렸다. 위로 네 살 터울의 형이 있었지만 반항적인 기질이 있는 데다 공부에는 도통 관심이 없었다.

그는 형 때문에 자주 눈물을 훔치는 어머니를 보고 자란 터라 어머니 말이라면 무조건적으로 순종했다. 숙제를 내주면 어머니에게 칭찬받기 위해 쏟아지는 졸음을 참아가며 끝까지 해냈다.

마침내 삶의 기쁨을 발견한 어머니는 각종 과외를 시켰고, 그것으로도 안심이 되지 않는지 당신이 손수 골라온 문제집을 풀게 했다.

시험을 보면 항상 전교 1등을 했다. 그러자 어머니는 지극히 당연한 일로 여겼고 어쩌다 2등이라도 하면 지구에 종말이라도 온 듯 낙심했다.

어머니를 실망시켜드리고 싶지 않았던 그는 항상 전교 1등을 놓칠까 봐 긴장 속에서 살아야 했다.

하루하루가 숨 막히는 생활이었다. 그는 초등학교 4학년 무렵부터 가끔씩 주변 공기가 희박해지는 것을 느꼈다. 구토 증세와 함께 어지럼증이 찾아왔고 숨쉬기가 곤란했다.

어머니가 종합병원에 데려갔다. 뇌 검사까지 했지만 신체에는 아무 이상이 없었다. 의사는 학업 스트레스로 인한 이상 증후로 보았다. 어머니는 그 뒤부터 두통과 호흡 곤란을 호소하면 일찍 잠자리에 들도록 허락했다.

병원에서 처방해준 약을 먹자 증상이 점차 완화되었다. 그 대신 불면증이 찾아왔다. 선행학습을 하다 침대에 누우면 잠은 오지 않고, 머릿속에서 누군가 계속 공부를 했다. 복잡한 방정식을 풀고, 영작이나 회화를 하기도 했다.

5학년 여름밤이었다. 그는 침대에 누워서 눈을 감은 채 난해한 수

학 문제를 풀고 있었다. 그러다 눈을 떠보니 새벽 3시였다.

집 안은 공동묘지처럼 고요했다. 그는 침대에서 내려와 몰래 방을 빠져나왔다. 현관을 나서자 정원에 달빛이 가득했다. 그는 유령처럼 집 안을 맴돌다가 집 뒤편의 허름한 창고로 들어갔다. 창고에는 사다리, 잔디 깎는 기계, 페인트 통, 각종 도구가 든 연장통, 녹슨 난로, 카펫, 도배지, 장판, 판자, 스티로폼, 시멘트 등이 먼지에 뒤덮여 있었다.

그는 각종 물품을 이용해서 한 평 남짓한 은밀한 공간을 만들었다. 그 속에 들어가 반듯하게 누웠다. 마치 죽어서 관 속에 들어온 기분이었다. 처음에는 어색했는데 시간이 지나자 점점 편안해졌고, 이내 졸음이 쏟아졌다.

모처럼 만에 단잠을 잤다. 어머니의 목소리가 들려와서 잠에서 깨어나니 날이 훤히 밝아 있었다. 그는 몸에 묻은 먼지를 털고 태연하게 집으로 들어갔다. 어머니는 아침부터 말도 없이 어디를 갔다 오느냐고 추궁했고, 그는 새벽 산책을 갔노라고 둘러댔다.

그는 자신의 비밀장소를 '알파'라고 이름 지었다. 중학교를 졸업할 때까지 가끔씩 침실에서 빠져나와 알파에 몸을 숨기곤 했다. 불면증에 시달리는 밤이면 슬그머니 알파를 찾았다. 알파에 누워 있으면 졸음이 거대한 파도처럼 밀려왔다.

알파는 그에게 더없이 훌륭한 안식처였다. 약을 먹지 않아도 더이상 두통이나 호흡 곤란 증세가 나타나지 않았다.

고등학교에 들어갈 무렵에 서울로 이사했다. 단독 주택이 아닌 아파트였다. 전교 1등이었던 그의 성적은 뚝 떨어졌다. 어머니는 낙

담했다. 그는 어머니에게 기쁨을 주기 위해서 안간힘을 써야만 했고, 그러다 보니 알파는 점차 기억에서 멀어져갔다.

차창을 열었다. 야트막한 언덕 저편에서 살랑거리는 봄바람이 불어왔고, 어렸을 때 창고에서 느꼈던 먼지 냄새 같은 것이 코끝으로 파고들었다.

그는 천천히 차를 몰았다. 그것은 대체 무엇일까. 몸 안을 가득 채우고 있던 무언가가 서서히 빠져나가는 기분이 들었다. 곰곰이 생각해보니 불안 같기도 했고, 긴장 같기도 했고, 욕망 같기도 했다.

그는 한적한 공터에 차를 세웠다. 야트막한 비탈길을 올라 숲으로 들어갔다. 안으로 조금 들어가자 양지바른 곳에 자그마한 봉분이 있었다. 묻힌 지 오래됐는지 비석조차 없었다. 주변은 온통 울창한 숲이었다. 그는 양복을 깔고 무덤 옆에 누웠다. 봄볕을 쬐고 있으니 졸음이 쏟아졌다.

한잠 자고 일어나니 해가 중천에 떠 있었다. 기다렸다는 듯이 허기가 밀려왔다. 그는 차를 몰고 인근 식당을 찾아갔다. 점심 겸 저녁을 먹은 뒤, 다시 차를 몰고 집으로 향했다. 집에 도착하니 평소보다 한 시간 남짓 늦은 귀가였다. 아내는 아무 의심 없이 평상시와 다름없이 맞아주었다.

모든 것이 제자리로 돌아왔다. 하지만 한 가지 달라진 것이 있었다. 바로 그의 머릿속이었다. 미세먼지로 뒤덮인 하늘처럼 부옇기만 했던 머릿속이 비 갠 하늘처럼 맑고 청명해졌다.

그는 자신의 이탈을 '알파가 있는 삶'이라고 이름 붙였다. 그 뒤로 그는 가끔씩 아내 몰래 월차를 냈다.

알파가 있는 삶을 위해서.

당신의 삶에는 알파가 있나요?
내가 하는 일이 무가치하게 느껴지거나
미래가 보이지 않는다면
알파가 있는 삶을 찾아보세요.

내가 행복해야 우리가 행복해지는데
우리가 행복해져야 내가 행복해진다는 착각 속에 살다 보면
우리의 행복을 추구하느라
나의 행복은 잊고 삽니다.

인간은 '자아'를 온전히 느낄 때
기쁨을 느낄 수 있습니다.
자아를 잃어버리게 되면 회의감이 밀려오고
극심한 무기력증에 빠집니다.

나를 찾아가는 여행을 떠나세요.
자아를 만날 혼자만의 시간을 만들어보세요.

지인이 아프면 바쁜 시간을 쪼개서 병문안을 가잖아요?
아픈 나를 위해서 하루쯤 시간을 내주세요.

따뜻한 햇볕이 내리쬐는 바닷가를 맨발로 천천히 걸어보세요.
백사장에서 종일 물리도록 바다만 바라보세요.
때로는 계곡으로 가서 물장난도 치고
무덤 옆에 나란히 누워서 살아 있음의 의미를 생각해보세요.

나는 이 세상 그 무엇보다 소중한 존재랍니다.
내 영혼이 편안하게 쉴 수 있는 시간과 공간을 마련해주세요.
알파가 있는 삶을 사세요.
밀려드는 잔잔한 기쁨에 몸을 맡기세요.

너의 이름은 진실

"세상에! 그 친구가 그럴 줄은 상상조차 못 했어."

중소기업 사장인 P는 만나자마자 고개를 절레절레 흔들었다.

10여 년 전, 그는 자취방에다 팩스 한 대를 들여놓고 혼자서 사업을 시작했다. 세월이 흐르고 몇 번의 이사를 하는 동안 직원도 스무 명으로 늘어났다.

취업 준비생이 회사를 선택할 때 기준이 다양하듯, 회사에서 직원을 채용할 때 기준도 마찬가지다. 인재의 기준은 업종, 회사 규모, 부서에 따라 다를 수밖에 없다.

인터넷과 SNS 등의 발달로 인재상이 바뀌었다고 해도 여전히 대기업은 채용 업무에 깊이 있는 지식을 지닌 'I'자형 인재를 선호한다. 반면 중소기업은 채용 업무는 물론이고 주변 관련 업무에 관한 지식도 두루 갖춘 'T'자형 인재를 선호한다.

사기업에서 직원을 채용할 때는 사장의 성향이나 취향이 반영되기 마련이다. 특히 중소기업의 경우는 사장이 직접 면접에 참여하다 보니 그 정도가 심하다. 학벌이나 외국어 같은 스펙을 중시 여기는 사장이 있는가 하면, 첫인상이나 품성을 중시 여기는 사장도 있다.

그는 후자인 데다 다소 편향적이다. 조직에 도움이 되는 사람은 '능력은 탁월하지만 자기만 아는 악마'가 아니라 '능력은 다소 부족할지라도 다른 사람을 도울 줄 아는 천사'라는 생각을 갖고 있다.

하지만 무슨 수로 짧은 면접을 통해서 지원자가 어떤 사람인지 분류할 수 있겠는가?

첫인상을 중시 여기는 사람이 대개 그러하듯 그 역시 자신의 '감(感)'을 믿었다. 여태까지 무난한 직원을 뽑아왔던 터라 '감'에 대한 믿음 또한 커져 있는 상태였다.

L을 뽑을 때도 그랬다. 문을 열고 들어서는 순간, 첫인상에 호감을 느꼈다. 몇 마디 대화를 나눈 뒤, 호감은 확신으로 바뀌었다. 능력은 다소 부족할지 몰라도 사람 자체를 좋아하고, 어려운 사람을 기꺼이 도울 줄 아는 천사라고 판단했다.

그는 얼마 지나지 않아서 자신의 판단이 틀렸다는 것을 깨달았다. L은 탁월한 능력을 지니고 있는 데다 사람을 좋아하고, 기꺼이 타인을 위해 희생할 줄 아는 천사였다. 직원들은 물론이고 거래처 직원들도 모두 L을 좋아했다. 영업사원으로 채용했는데 숫자 감각도 뛰어나서 재무를 맡기기에 이르렀다.

L이 입사하고 나서 5년 동안 회사 매출은 두 배로 늘어났다. 그러

나 영업 이익은 여전히 제자리였다. 그에 대한 믿음은 여전했지만 돌다리도 두들겨본다는 심정으로, 회계사로 일하고 있는 사촌동생에게 회계 장부를 검토해달라고 부탁했다.

회계 법인에서 나와 회계 감사가 시작되자 L은 자취를 감췄고, 감춰왔던 비리가 드러났다. 이중장부를 만들어서 그동안 공금을 빼돌렸던 것이었다.

그는 분노했다. 처음에는 부도덕한 L의 행동에 분노했고, 시간이 지나자 그런 인간을 철석같이 믿었던 자신의 어리석음에 분노했다. 경찰에 신고했지만 소용없었다. 하늘로 날아갔는지 땅으로 꺼졌는지 아예 종적조차 찾을 수 없었다.

그 뒤로 그는 누구도 쉽게 믿지 못했다. 자신의 '감'을 신뢰하지 않았고, 가족이나 친구가 진실을 말해도 일단 의심부터 하는 습관이 생겼다.

한번은 보다 못해서 "너 참 피곤하게 산다!"라고 한마디 했더니, 길게 한숨을 내쉬며 고개를 푹 떨구었다.

"휴우— 요즘 들어 사는 게 참 힘들다! 예전보다 서너 배는 더 힘든 것 같아."

나는 그의 어깨에 손을 얹고 잠시 갈등했다. '진실한 사람의 숫자는 그때나 지금이나 변함없으니, 다시 사람을 믿어 봐'라는 말을 입안에서 굴리다가 꿀꺽 삼켰다. 일단 마음속 상처를 치유하는 일이 급선무라는 생각이 들어서였다.

❖

심리학 용어 중에 '초두효과(Primary Effect)'가 있다. 먼저 제시된 정보가 나중에 들어오는 정보보다 강력한 영향을 미치는 현상을 일컫는다. 사람들이 좋은 첫인상을 남기기 위해서 노력하는 이유도 이 때문이다.

취업이 어려워지다 보니 성형 수술이 성행하고 있다. 여자는 물론이고 남자도 첫인상을 바꾸기 위해 화장을 하는가 하면, 때에 따라서는 성형 수술을 감행하기도 한다. 일단 첫 면접에서 호감을 사야만 바늘구멍 같은 기회를 잡을 수 있기 때문이다.

일부 기업에서는 원하는 인재를 채용하기 위해 컴퓨터를 통한 AI 면접을 시행하고 있다. 질문에 따른 면접자의 표정, 눈동자, 말투, 언어 사용 능력 등을 수치화해서 통계를 낸 뒤 그 사람의 업무 능력을 측정하기 위함이다.

과학은 이처럼 나날이 발달하고 있지만 대다수 사업가들은 여전히 기업 경영은 '운칠기삼(運七技三)'이라고 말한다. 기업을 경영하는 데 있어서 자신의 능력이 30%라면 운이 70%라는 것이다.

운을 중시 여기다 보니 첫인상으로 사람을 판단하려는 경향이 있다. 그래서 아직도 관상쟁이를 면접관으로 앉혀놓는 회사도 더러 있다. 하지만 아무리 뛰어난 관상쟁이라고 해도 첫인상만으로는 그 사람의 전부를 알 수 없다. AI 면접관 역시 마찬가지다. 세상에는 오히려 그 믿음을 역이용하는 사람도 있기 때문이다.

❖

몇 해 전이었다.

하루는 누군가 초인종을 눌러서 나가보니 낯선 중년 남자가 서 있었다. 그는 수줍은 표정을 지으며 시루떡이 담긴 일회용 접시를 내밀었다.

"어, 어제…이, 이사 왔어요. 자, 잘…부탁드립니다."

어눌한 말투였다. 그제야 긴장이 풀리면서 그를 찬찬히 살펴보았다. 얼굴은 선해 보였고, 눈동자는 소년처럼 맑았다. 관상도 그렇지만 말투나 몸짓으로 미루어 짐작하건대 자신의 이익을 위해서 타인을 이용할 정도로 영악해 보이지는 않았다.

돌아설 때 보니 한쪽 다리를 절뚝였다. 나는 은근한 동정심을 느꼈고, 떡을 먹으면서 그의 선한 표정을 떠올렸다.

그는 열 살 남짓한 딸과 단둘이 살았다. 엘리베이터나 거리에서 마주치면 그는 어눌한 말투로 수줍게 인사를 건네곤 했다.

나는 이웃 주민인 그를 격의 없이 대했다. 웬만큼 친하지 않고서는 술자리를 함께 하지 않는데 우연찮게 음식점에서 만난 그와 두 차례 술을 마신 적도 있었다.

그렇게 7~8개월쯤 지났을까. 어느 날, 형사가 찾아왔다. 며칠 전에 이사 간 그에 대해서 꼬치꼬치 캐물어서 이유를 물어보았다. 그는 전과 6범의 사기꾼인데 전에 살던 지역 사람들의 피해 신고가 접수되어서 수사 중이라고 했다.

나는 내심 큰 충격을 받았다. 내가 상상했던 사기꾼은 멋진 의상, 헌칠한 키, 잘생긴 얼굴, 번들거리는 눈동자, 유려한 말솜씨를 갖고 있었다. 그런데 너무 선해서 평생 사기나 당하며 살 것 같은 사람이 전문 사기꾼이라니!

그 뒤로는 첫인상을 전적으로 신뢰하지 않는다. 나중에 배신당했을 때의 충격을 감안해서 어느 정도는 의심하는 마음을 남겨놓는다.

❖

대부분의 동물이 그렇지만 인간 또한 자기 방어적인 본능이 강하다. 유리한 쪽으로 상황을 이끌고 가기 위해 거짓말도 서슴지 않는다. 부모가 전후 사정도 따져보지 않고 결과만 놓고 아이를 혼내게 되면 아이는 거짓말쟁이가 될 수밖에 없다.

세상을 진실하게 살아가기란 쉽지 않다. 나 역시 진실의 신봉자지만 젊었을 때는 진실하게 살지 못했다. J. 밀러가 "진실을 말할 용기가 없는 자들이 거짓말을 한다"고 했듯이 진실한 삶은 오로지 용기 있는 자의 몫이다.

나는 자신의 잘못이나 거짓을 고백하는 사람은 나이나 직책을 불문하고 존경한다. 인간이면 누구나 잘못을 저지르고 거짓말을 하게 마련이다. 그러나 스스로 깨닫고 진실을 고백하는 사람은 극소수다. 그것은 지식의 깊이가 남다른 대학자라도 쉽게 할 수 있는 행위가 아니다.

예로부터 선인들은 '하루를 살아도 진실하게 살라!'고 했다. 진실한 삶이 곧, 후회 없는 삶이기 때문이다. 진실한 삶을 위해서는 먼저 참회의 단계를 거쳐야 한다. 일종의 거짓된 삶과의 결별 의식이다.

새가 알을 깨고 나오듯 거짓된 삶을 깨고 나와야 비상할 수 있다. 나는 주변 사람들에게 알을 깨고 나오라고 권한다.

그대 이름을 '진실'이라 부르고 싶다.

여름 내내 제과점에서 파는 팥빙수가 먹고 싶었습니다.
아무리 졸라도 엄마는 들은 체도 하지 않았고
돈이 생길 때마다 돼지 저금통에다 넣었습니다.
지폐도 먹고, 동전도 먹은 돼지는 점점 무거워졌습니다.
팥빙수 생각도 그만큼 간절해졌지요.
눈보라 휘몰아치는 계절이 찾아왔습니다.
엄마가 일 나간 사이
돼지 저금통에서 몰래 돈을 꺼냈고
한달음에 제과점으로 달려가 팥빙수를 사 먹었습니다.
처음 먹어본 팥빙수 맛은
고드름 끝에 맺힌 투명한 물방울 속에 담긴 햇살처럼
찬란하면서도 슬펐습니다.

겨울 내내 엄마의 눈을 피해 다녔습니다.

하루는 엄마가 저금통 배를 가르기에

그 돈으로 뭐 할 거냐고 물었습니다.

엄마가 달무리처럼 환하게 웃었습니다.

"우리 아들, 중학교 입학금! 열심히 공부해서 훌륭한 사람이
되렴."

순간, 눈물이 후두두 떨어졌습니다.

펑펑 울며 진실을 고백했습니다.

그날 밤, 입학금을 내고 돌아온 엄마의 손에는

제과점에서 사온 팥빙수가 들려 있었습니다.

엄마하고 눈 맞추며 팥빙수를 먹고 잔 때문일까요?

하룻밤 사이에 훌쩍 자랐습니다.

"엄마, 아무 걱정 마세요! 이제부터 제가 지켜드릴게요!"

노예로 살 것인가,
자유인으로 살 것인가

　　명문대 경영학과에 다니던 L은 졸업반이 되자 대기업에 입사 원서를 냈다. 가정 형편이 어려웠던 그는 대학 2학년 때부터 취업을 염두에 두고, 관련 스펙을 차근차근 쌓아왔다. 학점, 학회, 동아리, 어학, 인턴, 교환 학생, 자격증, 공모전 수상, 봉사 활동 등 어느 것 하나 빠짐없이 챙겼다.

　　선배나 동기들은 그의 취업을 낙관했다. 흔히 하는 말로 '면접관의 뺨만 때리지 않는다면' 대기업쯤은 가뿐히 문을 부수고 입사하리라 예상했다. 그러나 막상 뚜껑을 열어보니 그렇지도 않았다. 서류 합격률은 높았지만 인적성이나 면접 일정이 겹치다 보니 정작 면접을 볼 수 있는 곳이 많지 않았다. 결국 그는 세 곳에서 최종 면접을 보았고 모두 탈락했다.

　　부모님은 물론이고 그로서도 충격이었다. 뜻하지 않았던 취업 재수를 하게 되자 취업에 대한 갈망이 커졌다. 하지만 상반기도 상황은 비슷하게 흘러갔다. 두 곳에서 최종 면접을 보았으나 다시금 고배를 마셨다.

'확실히 면접에 문제가 있어. 내가 인상이 그렇게 안 좋나?'

그는 성형까지 해야 하나를 놓고 고민하다가 성형은 하지 않기로 결정했다. 돈도 돈이지만 자존심이 허락하지 않았다.

하반기에는 인적성이 끝난 뒤, 학교 커뮤니티 사이트에서 모집하는 면접 대비반에 들어갔다. 함께 기업 분석도 하고, 동영상으로 촬영해가며 여러 차례 모의 면접을 한 때문일까. 그는 최종 면접에서 떨어졌던 대기업에 합격했다.

어렵게 입사하고 나니 회사에 애착이 갔다. 한국을 대표하는 기업 가운데 하나인 데다 연봉도 업계 최상위급이어서 나름 자부심을 갖고서 열심히 일했다.

이른바 '대기업'에 대한 회의가 밀려온 것은 대리 2년 차가 되었을 때였다. 부서에 인원이 부족하다 보니 죽을 맛이었다. 잡다한 업무에서부터 임원이 떨어뜨리고 간 낙하산 업무까지 쌓여 있어서, 야근을 밥 먹듯이 해도 끝이 보이지 않았다.

그러던 어느 날이었다. 퇴근길에 모처럼 학교 커뮤니티 사이트에 들어갔다. 졸업생 게시판을 들여다보니 온통 전문직에 대한 찬양뿐이었다. 치과의사, 한의사, 변리사, 회계사, 약사 등은 그럭저럭 인정하는 분위기였고 특히 의사와 변호사는 하늘처럼 떠받들었다. 반면 대기업은 '사노예'라며 천대했다. 기분이 나빴지만 직장 5년 차인 그로서도 마땅히 반박할 말이 떠오르지 않았다.

'나도 사직하고 로스쿨이나 갈까?'

게시판을 들여다보고 있으니 슬금슬금 유혹이 스며들었다. 학점은 상위권이었고, 토익은 만점이었다. 리트(LEET)만 잘 본다면 충분히 자교 로스쿨도 노려볼 만했다.

마음은 굴뚝같았지만 현실적으로는 불가능했다. 결혼식이 코앞이었다. 얼마 있으면 한 가정을 책임져야만 하는 가장이었다.

다시 세월이 흘렀다. 신혼살림을 차리고 얼마 뒤 첫아이를 낳았다. 이래저래 정신없이 분주한 날들이었다. 제정신을 차려보니 2년이 순식간에 지나가 있었다.

그러던 어느 날, 대학 선배이자 직계 상사인 부장이 명예퇴직을 했다. 말이 명예퇴직이지 실질적으로는 실적 부진에 대한 문책성 해고였다.

비로소 '40대 치킨집 사장'이라는 말이 실감 났다. 미래에 대한 불안과 함께 사기업에 대한 회의가 밀려왔다. 새로운 길을 모색해보고 싶은 마음에 졸업생 게시판을 틈날 때마다 들여다보았다. '사기업 탈출기'가 러시를 이루었고, 댓글에는 축하 인사가 줄줄이 이어졌다.

사기업을 탈출하는 사람은 두 종류였다. 뒤늦게 전문직에 탑승하려는 부류와 '40대 치킨집 사장'을 피해서, 정년이 보장되는 공무원이나 공기업으로 이직하려는 부류였다.

게시판 글을 읽어보면 확실히 전문직이 연봉도 높고 삶의 질도 높았다. 그 역시 전문직이 탐나기는 했으나 현실적으로는 이루기 힘든 꿈이었다. 반면 공무원이나 공기업은 근무 연수는 사기업보다 길지만 처음부터 새로 시작해야 하는 데다 연봉 삭감 때문에 큰 매력을 느끼지 못했다.

'그래, 나는 평생 노예로 살 팔자야!'

아예 체념하고 나자 갈등은 사라졌다. 그러나 업무에 대한 흥미가 뚝 떨어졌다. 일을 하는 게 아니라 학창 시절처럼 마지못해 과제를 하는 기분이었다.

긍지도 보람도 없이 일하다 보니 자꾸만 시선이 밖으로 향했다. 의사나 변호사 같은 전문직은 물론이고, 자기가 좋아하는 일을 하며 살아가는 예술가나 연예인이 부러웠다.

하루는 동창 모임에 나갔다가 1인 미디어 크리에이터로 성공한 친구와 웹 소설 작가로 자리 잡은 친구를 만났다. 그는 '자유인'으로 살아가는 그들을 진심으로 부러워하며 자괴감에 빠져서 술을 마셨다. 제정신이 들었을 때는 집이었다. 필름이 끊겨서 어떻게 귀가했는지조차 기억나지 않았다.

"자기야, 이것 마시고 출근해! 그게 무슨 이기지도 못하는 술을 죽기 살기로 마셔?"

그는 아내의 재촉에 억지로 몸을 일으켰다. 아내가 건네주는 꿀물로 아침을 대신하고 집을 나섰다. 그러나 몸도 마음도 천근만근이었다.

'얼마나 지났다고 취준할 때의 맹세를 잊었어? 취업만 시켜주면 집에서 회사까지 삼보일배 하겠다며! 대기업은커녕 중소기업도 못

가서 아르바이트로 생계를 연명하는 청춘들이 얼마나 많은 줄 알아? 고마운 줄 알고 열심히 일하셔!'

흐트러진 마음을 가다듬기 위해서 자신을 호되게 꾸짖어보았지만 소용없었다. 이론적으로는 수긍하지만 감정적으로 받아들여지지 않았다.

지하도를 빠져나오자 웅장한 사옥이 보였다. 마치 고대 검투사들이 생존을 위해 혈투를 벌이던 원형경기장을 마주하고 있는 기분이었다. 그는 오늘도 노예가 되어서, 두 주먹을 불끈 쥔 채 콜로세움을 향해서 걸음을 옮겼다.

오늘 하루, 어디에서 사셨나요?

막심 고리키는 이렇게 말했죠.

"일이 즐겁다면 인생은 극락이지만

일이 괴롭다면 인생은 지옥이다."

그래도 행복한 하루였는지요?

엘버트 허버드는 이렇게 말하더군요.

"직업에서 행복을 찾아라.

아니면 행복이 무엇인지 절대 모를 것이다."

세끼는 꼬박꼬박 챙겨 드셨나요?

기독교 경전에는 이런 말이 적혀 있다더군요.

백수가 들으면 서러워 울 수도 있지만.

"일하지 않는 자여, 먹지도 말라!"

백장(百丈) 선사는 또 이렇게 말했죠.

"일하지 않은 날은 먹지도 않는다."

90세의 노구에도 불구하고 낮에는 일하고 밤에는 수행해서

지금도 수행자들의 귀감이 되고 있죠.

인간은 일하기 위해서 태어난 것은 아닙니다.

그러니 일의 노예는 되지 마세요.

인간은 행복을 추구하는 존재이니

행복한 삶을 위해 일하세요.

일은 인간에게 보수를 지불하고,

인간은 일을 통해 보람을 얻습니다.

일은 인간을 구속하는 한편 자유롭게 합니다.

열심히 일해본 적이 없는 자는

일에서 해방된 기쁨을 모릅니다.

진정으로 일에서 벗어나고 싶다면 일과 허물없는 벗이 되세요.

속속들이 일에 대해서 알게 되고

일 그 자체를 사랑하게 되면

비로소 노예가 아닌, 자유인이 됩니다.

말하는 대로

나는 중학교에 입학하자마자 태권도부에 가입했다. 태권도부에 가입한 이유는 재능이 있어서라기보다는 큰형이 권유해서였다. 나뿐만 아니라 대다수가 가족이나 지인의 권유로 운동을 시작했다. 도장에서 배우면 돈을 내야 했지만 학교에서 배우면 공짜였다.

공짜면 양잿물도 마신다고 하지 않던가. 어쨌든 우리는 그렇게 운동을 시작했다. 그러니 목표 의식 같은 게 있을 턱이 없었다.

사람들이 태권도를 왜 배우냐고 물으면 뒤통수를 긁적이며 "그냥"이라고 대답하곤 했다. 사실 그 말 이외에는 달리 할 말도 없었다. 물론 허세가 있던 한 친구는 "걸어다니기 귀찮아서 날아다니려고요"라고 대답하기도 했다.

태권도부에 신입부원은 나를 포함 모두 일곱 명이었다. 그중에서 목표 의식을 갖고 있던 친구는 L뿐이었다.

"난 국가대표 선수가 될 거야!"

그 당시 태권도는 올림픽 정식 종목도 아니었다. 국가대표 선수가 되어봤자 세계 선수권 대회에 출전할 뿐이었고, 거기서 메달을 딴다 한들 일반인들은 잘 알지도 못했다.

나는 학교에서 집까지 버스로 여섯 정거장쯤 되는 거리에 살았고, 그는 나보다 세 정거장을 더 가야 하는 곳에서 어머니와 단둘이 살았다. 그는 어머니에 관한 이야기는 자주 했지만 아버지에 대한 이야기는 일절 하지 않았다. 감추려고 한다기보다는 아버지에 대해서는 그도 잘 모르는 눈치였다.

등교는 각자 달리 했지만 하교할 때는 함께 했다. 우리는 버스비로 군것질을 하며 집까지 걸어갔다. 꽤 먼 거리다 보니 시시껄렁한 이야기부터 진지한 이야기까지 두서없이 주고받으며 무료함을 달랬다.

"야, 넌 왜 국가대표가 되려고 하는데?"

"사실 초등학교 때 기계 체조 선수였어. 5학년 때는 소년전국체전에서 금메달도 땄어."

"오오, 그래?"

내가 감탄하자 그는 책가방을 놓고 달려가는가 싶더니, 손도 대지 않고 가볍게 허공을 한 바퀴 돈 뒤, 안정된 자세로 착지했다.

"와아!"

"금메달을 엄마 목에 걸어줬더니 무척 좋아하셨어. 엄마를 더 기쁘게 해주고 싶은 마음에 이렇게 약속했지. 엄마, 내가 올림픽 금메달을 따서 목에 걸어줄게!"

"그럼 계속 체조를 해야지?"

"나도 그러고 싶었는데 이놈의 오른쪽 어깨가 문제야. 이놈의 어깨뼈가 자주 빠져. 몇 번은 그냥 그러려니 했는데 6학년 때 스트레칭 도중 어이없게도 어깨가 또 빠진 거야. 병원에서 정밀 검사를 받았더니 의사가 습관성 어깨탈구래. 어깨를 많이 사용하는 운동은 위험하대나 어쨌대나. 뭐 그래서 관뒀어."

"아깝다!"

"엄마한테 한 약속을 지킬 수 없어서 미안해하고 있는데 엄마가 태권도를 해보래. 체조 올림픽 금메달 대신, 태권도 세계 선수권 대회 금메달을 따달라며. 그래서 그러겠다고 했지!"

목적의식이 확고하기 때문일까. 그는 운동에 대한 자세부터 나와는 판이하게 달랐다. 수업이 끝나면 나는 최대한 뭉그적거렸는데 그는 곧바로 체육관으로 달려가 운동을 시작했다. 또한 나는 사범의 눈치를 살피며 수시로 농땡이를 피웠는데 그는 사범이 보든 말든 굵은 땀방울을 흘리며 열심히 훈련했다.

하얀 띠에서 출발했지만 2학년이 되자 그도 나도 검은 띠가 되었다. 우리는 선수로 등록했고, 국기원을 비롯해서 전국 곳곳에서 열리는 각종 대회에 참가했다. 나도 가끔 메달을 땄지만 그는 대회에 나갈 때마다 메달을 땄다.

가을에 갑자기 사범이 바뀌었다. 새로 부임한 사범은 한마디로 개망나니였다. 입에다 온갖 욕을 달고 살았고, 툭하면 토끼 뜀이나 운동장 50바퀴 같은 단체 기합을 줬다.

사건이 터진 건 겨울방학 때였다.

우리는 매일 학교 체육관에 나와서 동계훈련을 했다. 보통 아침 10시부터 운동을 시작해서 오후 4시까지 했다. 뒷정리와 청소까지 하고 집에 가면 저녁 먹을 시간이었다.

그날도 구슬땀을 흘리고 있는데 점심 무렵, 사범에게 손님이 찾아왔다. 눈치를 보니 애인 같았다. 사범은 우리에게 자율 훈련을 시키고는 애인을 데리고 교문을 나섰다.

훈련 종료 시간인 4시가 지났지만 사범은 돌아오지 않았다. 우리는 출입문을 힐끔거리며 30분 남짓 훈련을 더 했다. 그래도 돌아오지 않아서 스트레칭을 하고 청소를 했다. 사복으로 갈아입고 체육관을 나서려는데 사범이 만취해서 돌아왔다.

"이 새끼들 봐라! 내가 돌아올 때까지 훈련하고 있으라고 했어, 안 했어?"

사범은 '엎드려뻗쳐'를 시킨 다음, 대걸레 자루가 부러지도록 때렸다. 기합이라기보다는 무차별적인 폭력이었다.

돌아가면서 엉덩이를 10대씩 맞았지만 사범은 분이 풀리지 않는지 한 바탕 훈계를 했고, 언성이 점점 높아지는가 싶더니 다시금 매질을 시작했다. 결국 참다못해 헤비급 선수로 뛰던 동기가 반발했다.

"아 씨…지가 못나서 차여놓고, 왜 우리한테 지랄이야? 나, 운동 안 해!"

그게 신호탄이었다. 한 명이 체육관을 박차고 나가자 몇 명이 기다렸다는 듯이 뛰쳐나갔다.

"너희들 꼼짝하지 말고 여기 있어! 이놈들, 거기 안 서?"

술기운으로 눈동자가 벌겋게 충혈된 사범이 부러진 대걸레 자루를 들고, 부원들을 붙잡기 위해서 뒤쫓아 나갔다.

나는 그제야 엎드려뻗쳐 자세를 풀고 일어났다. 그러나 그는 여전히 엎드려뻗쳐 자세를 유지하고 있었다.

"야, 우리도 그만두자! 저런 미친개 밑에서 뭘 배워?"

"안 돼, 난 운동을 계속해야 해!"

"왜?"

"국가대표 선수가 될 거니까!"

아무리 설득해도 요지부동이었다. 나는 그를 뒤로하고 도장을 나섰다.

이튿날, 뒤늦게 정신을 차린 사범이 빵집으로 불러내서 어르고 달랬다. 그러나 나는 끝내 결심을 바꾸지 않았다.

그는 졸업할 때까지 운동을 계속했고, 태권도로 유명한 고등학교에 진학했다. 나는 중학교 때부터 문학에 관심을 갖고 있어서 고등학교에 입학하자마자 문예반에 들었다. 문학에 심취하다 보니 그는 물론이고, 태권도 선수였다는 사실 자체를 까맣게 잊고 살았다.

그렇게 10년쯤 지나서 우연히 태권도 부원이었던 동기를 만나 그의 소식을 들었다.

"걔 국가대표 선수야! 세계 선수권 대회에 나가서 금메달도 땄대."

"그래? 결국 해냈네."

187

확신이 담긴 그의 말을 귀에 못이 박이도록 들었기 때문일까. 나는 그다지 놀라지도 않았다. 마치 구성이 잘된 소설이나 영화의 엔딩 장면을 본 기분이었다.

❖

S는 중견기업 영업부 차장이다. 우리는 친구의 친구로 만났는데 죽이 잘 맞아서 둘이서 가끔 만나 술을 마셨다.

하루는 만취가 된 그가 진지하게 말했다.

"우리 회사 아무래도 오래 못 갈 것 같아!"

"아니, 왜? 매출도 늘어났고 영업 이익률도 꾸준히 오르고 있다면서?"

"그렇긴 한데…느낌에 왠지 부도날 것 같아."

"왜, 그런 조짐이 보여?"

"그런 건 아니고, 그냥 느낌이 그래!"

그는 말단 사원으로 입사해, 회사와 함께 성장해서 애사심이 남달랐다. 업무에 충실했고, 항상 회사 이익에 보탬이 되는 방향으로 일 처리를 했다. 아마도 다른 사람이 그런 말을 했다면 분명 화를 냈을 터였다.

그날은 그런가 보다 하고 넘어갔다. 며칠 뒤 다시 만났을 때 그게 사실이냐고 물어보았다. 그러나 그는 자신이 한 말을 전혀 기억하지 못했다.

"내가 잠깐 미쳤었나 봐! 왜 그런 근거도 없고, 족보도 없는 말을 했지?"

눈동자를 보니 거짓말하는 것 같지는 않았다. 그냥 술에 취해 헛소리를 한 거려니 여겼다.

그런데 얼마 뒤에 비슷한 상황이 벌어졌다. 만취한 그는 나를 정면으로 바라보며 진지하게 말했다.

"우리 회사는 가망 없어! 아무래도 직장을 새로 알아봐야 할 것 같아. 좋은 데 있으면 소개시켜줘. 화끈하게 쏠게!"

나는 그의 눈앞에 손가락을 흔들며 물었다.

"너 지금 많이 취했지?"

"물론 취했지! 하지만 진심이야."

그는 자신의 마음을 보여주려는 듯이 두 눈을 크게 뜨고 나를 정면으로 바라봤다.

그로부터 반년쯤 지났을까. 그의 예언대로 정말로 부도가 났다. 부도의 시발점은 계열사였다. 임원의 공금 횡령과 어음 사기로 인해 계열사가 무너졌고, 그 여파가 어음 보증을 서준 그의 회사에까지 미쳤다. 결국 회사는 법정관리에 들어갔고, 구조 조정 과정에서 그는 회사를 나와야 했다.

그는 몰랐지만 그의 무의식은 알고 있었다. 회사 부도와 무관해 보일 수도 있는 몇 가지 정보를 우연히 듣거나 보았고, 그는 대수롭지 않게 여겨 잊어버렸지만 무의식은 그 일과 관련된 정보를 취합하고 분석했다.

결국 그의 고백은 '취중진담'이었던 셈이다.

❖

살아가면서 가장 중요한 것 가운데 하나가 '말'이다. '말'의 이면에는 헤아릴 수 없을 정도로 다양한 정보가 숨어 있다.

평소에 사용하는 언어를 보면 그 사람의 교육 수준이나 정신세계, 심리 상태 등을 어렵지 않게 엿볼 수 있다. 또한 과거를 엿볼 수 있고, 때로는 미래를 예측하는 수단이 된다.

그래서 범죄자들은 취조실에 들어가면 묵비권을 행사하거나 말을 최대한 아낀다. 범죄 사실을 감추기 위함이다.

대개 고급 정보는 술자리 같은 사적인 자리를 통해서 새어나온다. 술은 잠긴 마음의 문을 여는 열쇠다. 비밀을 수호하는 건 이성이다. 술을 마시면 이성이 서서히 마비된다. 그 틈을 타서 영웅심이나 객기가 삐져나와 꼭꼭 숨겨놓았던 비밀을 털어놓는다.

'말'은 좁은 의미로 해석하면 '입을 통해서 나오는 소리'다. 하지만 넓은 의미로 해석하면 행동, 표정, 눈빛 등등이 모두 포함된다.

우리가 아무렇지 않게 사용하는 '말' 속에는 운명을 바꾸는 힘이 숨어 있다. 말은 생각을 거쳐서 입 밖으로 나오는 게 보통이지만 일단 입 밖으로 나온 뒤에 비로소 생각해보기도 한다. 즉, 내가 무의식적으로 내뱉은 말도 결국은 나에게 되돌아와 영향을 미치게 된다.

인간의 뇌는 '나'와 관련된 정보를 모으고 분석하는 일을 최우선으로 한다. 나의 의식이 미처 인지하지 못한 정보를 무의식이 캐치하고 있는 경우도 허다하다. 그래서 누군가 개인적인 생각을 묻는 경우, 뇌는 그동안 모은 정보를 종합해서 대답하기 때문에 '감'이 적중할 확률이 높다.

예를 들어서 "이번 인사이동 때 아무래도 좌천될 거 같아!"라고 말하거나 "왠지 이번에는 승진할 것 같아"라고 말한다면 그대로 이루어질 가능성이 높다. 말로 정확히 설명할 수 없다면 무의식의 작용이다.

말은 일종의 약속이다. 타인에게 하면 타인과의 약속이 되고, 나에게 하면 나 자신과의 약속이 된다.

내일 해야 할 일이 있어서 일찍 일어나야 한다면, '내일은 새벽 4시에 일어나야지!'라고 생각만 하기보다는, "내일은 꼭 새벽 4시에 일어나야 해!"라고 소리 내어 말하는 게 좋다. 소리 내서 말하게 되면 그것은 나와의 약속이 된다. 청각을 통해 인체에 흡수되는 순간, 인체의 모든 기관이 약속을 지키기 위한 준비 체제에 들어간다.

전두엽에서는 새벽 4시에 일어나면 피곤할 게 뻔하므로 일찍 잠자리에 들라고 명령을 내린다. 감정을 관리하는 변연계에서는 잠자는 데 방해가 되는 불필요하고 소모적인 감정을 빠르게 정리한다. 신경전달물질의 움직임도 활발해진다. 신체의 여러 기관으로 보내는 혈액량을 증가시키는 코르티솔의 분비량은 낮추는 한편, 혈액량을 줄이는 멜라토닌의 분비량은 늘려서 체온과 혈압을 떨어뜨린다. 전신을 나른하게 만들어서 일찍 잠들 수 있도록 유도하는 것이다.

말은 단순한 정보 교환 수단을 넘어서 인간의 심리와 인체에도 상당한 영향을 미친다. 그러다 보니 '말의 힘'을 연구하는 심리학자나 과학자가 생겨났고, 그것을 이용해서 운명을 바꾸려는 사람들도 꾸준히 늘어나고 있다.

말의 힘을 엿볼 수 있는 대표적인 것이 칭찬과 비난이다. 심리학 용어 중에 '피그말리온 효과'와 '골렘 효과'가 있다. 전자는 '긍정적인 기대가 긍정적인 결과를 낳는다'는 이론이고, 후자는 반대로 '부정적인 기대가 부정적인 결과를 낳는다'는 이론이다.

심리학자들의 연구 결과, 아이들에게 관심을 갖고 꾸준히 칭찬해주면 긍정적인 결과를 얻을 수 있는 반면, 관심도 없으면서 비난만 하면 부정적인 결과를 낳는 것으로 밝혀졌다.

칭찬이나 비난은 타인이 아닌 '나'를 대상으로 해도 효과가 있다.

"자신 없어! 나 같은 바보, 멍청이가 무슨 수로 저런 일을 해내? 보나 마나 실패할 거야!"

나 자신의 능력을 부정하고 비난하다 보면 뇌가 위축된다. 평상시에는 잘했던 일도 실수하게 되고, 실수를 자책하다 보면 일은 점점 더 엉망진창이 된다.

"잘할 수 있으니까, 걱정 마! 네 능력이라면 충분히 해낼 수 있어!"

나에 대한 신뢰와 함께 적절하게 칭찬을 해주면 그 기대에 부응하기 위해서 집중하게 되고, 좋은 결과를 얻을 수 있다.

말 속에는 운명을 바꾸는 에너지가 숨어 있다. 전략을 잘 짜서 긍정적인 말을 생활화하면 '말하는 대로' 인생을 살 수 있다.

"운도 더럽게 없네. 이번 생은 망했어!"

세상 일이 뜻대로 풀리지 않는다고 투덜대지 말고

이렇게 말해보세요.

"액땜했네. 이제부터 좋은 일만 생길 거야!"

민심을 아는 사람은 천하의 주인이 되고

말의 힘을 아는 사람은 세상의 주인이 됩니다.

남다른 인생을 살고 싶다면

아침, 저녁으로 거울을 보며 이렇게 말해보세요.

"나는 특별한 삶을 살 거야."

반복해서 말하다 보면 어느 날, 거울 속에서 이렇게 물을 겁니다.

"어떻게?"

그럼 주저하지 말고 계획을 들려주세요.

거울과 진지하게 대화하는 사이

한여름의 과일처럼 당신의 꿈도 점점 무르익어 갑니다.

최고의 귀인

전자제품 부품공장을 운영하고 있는 N은 대기업 엔지니어 출신이다. 그는 사람 좋기로 소문이 자자하다.

그의 얼굴은 웃는 상이다. 입꼬리가 올라가 있고 눈꼬리 또한 밑으로 처져 있어서 하회탈을 연상시킨다.

실제로도 그는 자주 웃었고, 모두에게 친절했다. 부하직원은 항상 인격적으로 대했고, 실수를 해도 좀처럼 싫은 소리를 하지 않았다. 식당에서 식사를 하고 나올 때면 항상 주변을 둘러본 뒤, 지인이 있으면 그들의 음식 값까지 함께 계산했다.

겉보기에는 두리뭉실해 보여도 성격은 꼼꼼했다. 비록 손해 볼지라도 한번 뱉은 말은 칼같이 지켰다. 돈 약속은 물론이고, 물품 납기일조차 어겨본 적이 없었다.

그는 부품을 본사에 납품하기 전, 자신의 눈으로 생산된 부품을 매번 확인했다. 공장을 시작했던 초창기부터 해왔던 습관이었다. 하지만 지금은 품질관리팀에서 검사하는 데다, 수량이 많아서 예전처럼 전부 살펴볼 수는 없었다. 수많은 부품 가운데 몇 개만 무작위로 선별해서 꼼꼼히 살피곤 했다.

그러던 어느 날, 납품한 물건 중 일부에 문제가 생겼다. 생산 기계에 이물질이 달라붙어 부품에 작은 결함이 생겼다. 다행히도 그 결함은 제조업체 검수팀에서 먼저 발견했다. 그는 연락을 받자마자 전량 회수했고, 임시 직원까지 고용해가며 공장을 스물네 시간 풀가동해 납품을 완료했다.

본사 구매팀장은 예전 직장 동료였다. 그동안의 관계도 있는 데다 완성품을 조립하기 전이고, 처음 있는 실수이므로 이번 한 번은 눈감아 주겠다고 했다. 그도 그동안 현장에서 큰 실수 없이 일해준 공장장을 용서했다. 또한 생산 기계에 붙은 이물질을 발견하지 못한 직원과 품질관리팀 직원들에게는 시말서를 받는 걸로 사건을 마무리했다.

시간이 지나자 공장은 예전의 모습을 되찾았다. 밖에서 볼 때는 모든 게 정상으로 돌아온 듯했다.

그러나 문제는 그때부터였다. 다른 사람은 용서할 수 있었지만 그는 건성으로 부품을 확인한 자신만은 용서할 수 없었다.

'내가 제대로 살폈어야 했어. 올챙이 적 생각 못 하고, 거들먹거리더니 꼴좋다!'

그는 태만했던 자신에게 스스로 징계를 내렸다.

직원이 모두 퇴근한 뒤 혼자 공장에 남아서 품질관리팀에서 검사를 끝낸 부품을 재검사했다. 저녁은 공장에서 시켜 먹으며 자정까지 눈이 벌게지도록 일했다.

매일 검사했지만 그는 단 한 개도 불량품을 찾아내지 못했다. 품질관리팀 직원들이 철저하게 검사했기 때문이었다.

세상에 비밀은 없는 법이었다. 그는 몰래 한다고 했지만 다른 사람도 아닌, 사장의 수상쩍은 행동을 임직원들이 모를 리 없었다. 임직원들은 기껏해야 열흘이나 보름쯤 하다가 제풀에 지쳐 그만둘 거라고 예상했다. 사람이 기계가 아닌 이상 하루에 스무 시간 가까이 일할 수는 없는 법이었다.

그러나 그는 예상을 깨고 석 달을 계속했다. 가족들의 불평불만이 쌓여갔고 친구들은 멀어졌고, 그를 대하는 임직원들의 표정도 굳어갔다.

결국 그는 과로로 쓰러졌다. 의사와 주변 사람의 권유에 못 이겨 입원했지만 그는 고집을 부려 나흘 만에 퇴원했다.

그는 다시 예전의 생활로 돌아갔다. 제일 먼저 출근했고, 밤늦게까지 공장에 남아 부품을 재검사했다.

결국 보다 못한 공장장이 간청했다.

"사장님, 두 번 다시 그런 일이 생기면 제가 모든 걸 책임지겠습니다. 그러니 이제 제발 그만하세요!"

그러나 그는 귀담아듣지 않았다. 나태했던 자신에게 1년 동안 부품을 철저히 재검사하라는 징벌을 내렸기 때문이었다.

공장장으로부터 모든 사실을 알게 된 아내가 정신과 치료를 받아보자고 호소했다. 그러자 그는 자신은 결코 미친 게 아니라며 펄쩍 뛰었다. 결국 장인어른을 필두로 처갓집 식구들까지 나서서 권유했고, 결국 그는 집요한 요청에 못 이겨 정신과를 찾았다.

병원에서 의사와 대화를 나누는 도중, 자신의 정신 상태에 이상이 있음을 깨달았다. 정식으로 치료를 받으며 조금씩 자신을 용서하는 법을 배웠고, 반년쯤 지난 뒤에는 오랜 세월 자신을 옭아맸던 편집증으로부터 서서히 벗어날 수 있었다.

마음이 불편하신가요?

어쩌면 내 마음을 불편하게 하는 것은

바로 나일지도 모릅니다.

알고 계신가요?

나는 이 세상 그 누구보다도 소중한 귀인이라는 사실을.

귀인을 만나면 어떤 식으로 대하시나요?

친절과 정성을 다해서 모시죠?

나 또한 그렇게 대해주세요.

이것밖에 못했다고 자책하지 마세요.

벌써 이만큼이나 했는걸요.

실수했다고 '바보! 멍청이!'라며 꾸짖지 마세요.

귀인도 실수할 수 있잖아요?

나에게는 불친절하고 타인에게만 친절하다면

밑지는 인생을 사시는 겁니다.
실속을 챙기며 사세요.

행운은 누구에게 오는가

A와 B는 죽마고우다.

둘 다 가난한 농부의 자식으로 태어나 지방에서 고등학교까지 졸업했고, 같은 해에 서울의 명문대에 입학했다. 물론 학과도 달랐고, 대학 생활도 달랐다.

그러나 대학에 진학하기 전까지의 행적을 비교해보면 같은 틀에서 찍어낸 붕어빵처럼 똑같았고, 주변에서 두 사람에게 거는 기대도 비슷했다.

대학을 졸업한 지 20년이 흘렀다. 그들은 지금은 완전히 다른 세계에서 살고 있다. A는 직장을 다니다 그만두고 사업을 시작했다. 두 번의 사업 실패를 겪기도 했지만 지금은 견실한 중견 사업가로 바쁜 날들을 보내고 있다.

B는 직장을 다니다 그만두고 영어전문학원을 시작했다. 경험도

부족한 데다 주변에 대형 학원들이 속속 들어서자 결국 학원을 접었다. 학원에서 본 손실을 복구하고 싶은 마음에 아내 몰래 아파트 담보 대출을 얻어 주식 투자를 했다. 그러나 리먼 사태로 주가가 폭락하는 바람에 큰 손실을 보았다. 뒤늦게 사실을 안 아내는 분개했고, 결국 부부싸움 끝에 이혼했다. 현재 그는 알코올 중독자로 전락해서 고시원에서 홀로 생활하고 있다.

서울에서 향우회가 열리면 A는 참석하지만 B는 참석하지 않는다. 고향 사람들은 A를 '억세게 운 좋은 사나이', B를 '억세게 불운한 사나이'라고 부른다.

과연 그들은 행운과 불운을 타고난 걸까?

두 사람의 인생을 속속들이 들여다보면 그렇지만도 않다. 행운인지 불운인지 정체를 알 수 없는 모호한 내용물이 담겨 있는 소포를 A도 받았고 B도 받았다. 단지 차이가 있다면 A는 소포 안의 내용물을 행운으로 만들었고, B는 불운으로 만들었을 뿐이다.

인간은 신체 구조가 비슷하고 생각도 비슷하다. 인간의 유전자 자체가 유사하기 때문이다. 그럼에도 불구하고 세월이 흐르면 각자 다른 환경을 구축하며 살아가게 된다.

그렇다면 행운과 불운을 만드는 것은 무엇일까?

그것은 바로 미세한 차이다. 똑같은 환경에서 출발했다 하더라도 습관, 집중, 끈기, 긍정적인 사고 등등에서 나는 미세한 차이가 쌓이고 쌓이다 보면 삶이 판이하게 달라진다.

사실 이 미세한 차이를 한마디로 설명할 수는 없다. 굳이 설명하려고 하면 못 할 것도 없지만 말이 길어지기 때문이다.

그래서 성공한 사람들에게 성공 요인을 물으면 잠시 생각했다가 "운이 좋았어요!"라고 말한다. 골프 황제로 군림했던 전성기 시절의 타이거 우즈조차도 우승 인터뷰를 할 때면 '운이 좋았다'는 말을 자주 썼다.

그러나 그의 말을 심층적으로 파고들면 이런 뜻이 숨어 있다.

"행운의 여신은 게으른 사람을 좋아하지 않죠. 행운의 여신을 맞이하기 위해서 어릴 때부터 피나는 연습을 했어요. 특출 난 재능을 타고나는 사람이 얼마나 되겠어요? 열심히 하다 보면 점점 잘하게 되고, 한눈팔지 않고 꾸준히 하다 보면 특출 난 재능이 되는 거죠.

사실 이번 대회도 순조롭지 않았어요. 티샷을 할 때 바람이 심하게 부는 바람에 공이 숲으로 들어갔고, 벙커에도 빠졌죠. 그러나 저는 포기하지 않았죠. 행운의 여신은 인내심이 강하고, 침착한 사람을 좋아한다는 걸 알거든요. 저는 해낼 거라고 믿었고 결국 해냈어요.

아, 물론 저도 알아요! 행운의 여신은 신데렐라에게 생긴 일처럼 어느 날 문득, 엉뚱한 사람을 찾아가기도 한다는 걸. 하지만 그건 가끔 있는 일이에요. 사실 우승자는 대회를 치르기 전에 몇 사람으로 압축되죠. 그들은 저마다 행운의 여신이 찾아갈 만한 여러 가지 여건을 갖추고 있죠. 문제는 누가 더 나흘 동안 컨디션 조절을 잘하느냐, 마인드 컨트롤을 잘해서 집중력을 발휘하느냐에 달려 있죠. 고맙게도 이번 대회에서 행운의 여신은 저를 선택해주었네요. 한마디로 운이 좋았어요!"

사업가들은 '운칠기삼(運七技三)'이라는 표현을 자주 쓴다. '경영의 신'으로 불리는 마쓰시타 전기 창업자인 마쓰시타 고노스케는 한술 더 떠서 "내가 성공하기까지 노력은 1%뿐이었고 나머지 99%는 운이 좋았기 때문이다"라고 말한다.

그 말의 이면에 이런 뜻이 감춰져 있다.

"나는 사업할 때 내가 할 수 있는 최대한의 노력을 기울였으므로 나의 노력에 대해서는 더 이상 가타부타하고 싶지 않다. 최상의 효과를 얻기 위해서 최대한 노력하는 건 사업가로서 당연한 일 아니겠는가? 내 사업이 잘된다면 그것은 순전히 운이다."

나는 주인공이 세월과 함께 육체적으로는 물론이고 정신적으로도 성장해나가는 '성장소설'을 좋아한다. 마쓰시타 고노스케도 성장형 인물이다.

그는 자신의 성공 비결로 가난, 허약 체질, 배우지 못함을 꼽았다. 가난했기에 부지런해야 했고, 몸이 허약했기에 건강의 소중함을 일찍 깨달았고, 제대로 배우지 못했기에 세상 모든 사람들을 스승으로 삼았다.

초등학교 4학년 중퇴가 학력의 전부인 마쓰시타 고노스케. 자전거포에서 심부름이나 하던 가난한 시골 촌놈이 성공하기까지 얼마나 피나는 노력을 했을지는 보지 않아도 능히 짐작할 수 있다.

성공한 사람들에게 있어서 노력은 더 이상 거론할 대상이 아니다. 학생에게는 책이 필수이고, 군인에게는 총이 필수이듯 성공을 꿈꾼다면 노력은 필수적인 것이다.

요즘 청춘들은 노력해도 그만큼의 결과를 얻지 못하는 치열한 경쟁 속에서 살아가고 있다. 그러다 보니 '노력'을 앞세우는 기성세대를 경멸하고, 노력 자체를 저평가하는 경향이 있다.

그러나 무언가를 이루기 위해서는 노력하는 자세가 필요하다. 행운의 여신은 그것을 몸에 지니고 있는 사람을 찾아간다.

독일 속담에 이런 말이 있다.

"행운은 가끔 바보에게도 찾아온다. 그러나 결코 그의 곁에 오래 머물지 않는다."

누구나 행운을 부를 수는 있지만 바람처럼 스쳐 지나갈 뿐이다. 행운을 제대로 끌어안는 사람은 결국 노력하는 사람이다.

"나는 행운의 여신을 믿는다.

그러나 행운의 여신은 내가 열심히 일할수록

나에게 더 온화한 미소를 짓는다는 사실을 알았다."

미국의 제3대 대통령이었던 토머스 제퍼슨의 말입니다.

행운의 여신은 그늘에서 빈둥거리는 사람에게도 말을 붙이지만

땀 흘려 일하는 사람을 더 사랑합니다.

행운의 여신은 재능을 뽐내는 사람의 말에도 귀를 기울이지만

겸허한 사람을 더 사랑합니다.

행운의 여신은 자신의 뒤를 졸졸 따라다니는 사람보다

자신의 분야에서 최선을 다하는 사람을 더 사랑합니다.

행운의 여신은 나와 이웃을 사랑할 줄 알고

자신만의 인생을 살아가는

당신을 사랑합니다.

마음을 읽는 능력

L에게는 남다른 능력이 있다. 그것은 바로 관찰하는 습관이다. 그는 자신의 관찰 습관을 '불우했던 유년 시절의 선물'이라고 표현한다.

그가 초등학교에 입학하던 해에 부모가 이혼했다. 아버지와 살던 그는 시골 할머니 집에 맡겨졌다. 홀로 살아가던 할머니는 손주를 싫어하지는 않았지만 반기지도 않았다.

할머니는 속이 깊은지는 모르겠지만 잔정은 없었다. 노는 걸 좋아해서 노인정에서 살다시피 했고, 관광버스를 대절해서 여행 간다는 소식만 들려오면 누가 주최하든, 목적이 무엇이든 가리지 않고 따라나섰다.

학교에서 돌아오면 집은 텅 비어 있었다. 그는 할머니가 차려놓은 밥을 먹고, 집 뒤편의 야트막한 뒷산으로 올라갔다. 개미나 거미를 비롯해서 곤충도 관찰하고, 풀잎이나 나뭇잎의 생김새도 관찰하고,

애벌레도 관찰하고, 그루터기에 새겨져 있는 나이테도 관찰하고, 수시로 변신하는 하늘의 구름도 관찰하며 시간을 보냈다.

그는 기억력이 남달랐다. 매일 뒷산에 오르지만 시시각각 변하는 숲의 변화를 눈치챌 수 있었고, 그 덕분에 지루한 줄도 몰랐다.

중학교 졸업식에 아버지가 내려왔다. 그는 아버지의 차를 타고 다시 서울로 갔다. 사업으로 성공한 아버지는 좋은 아파트에서 젊은 여자와 함께 살고 있었다.

그는 새어머니와 사이좋게 지내고 싶었다. 그러나 도무지 성격을 종잡을 수 없었다. 어떤 때는 간이라도 빼줄 듯이 굴다가 한번 토라지면 일주일 내내 눈길 한번 주지 않았다. 그러다 보니 자연스럽게 새어머니의 눈치를 볼 수밖에 없었다.

새어머니를 한 달 남짓 관찰해보니 어렵지 않게 성격 파악을 할 수 있었다. 그녀의 기분은 아버지에 의해서 좌지우지됐다. 아침밥을 먹으며 아버지와 새어머니가 나누는 대화를 듣다 보면 새어머니의 기분을 어렵지 않게 짐작할 수 있었다. 새어머니가 아버지 때문에 몹시 기분이 안 좋을 때는 방 안에서 아예 나가지 않았고, 그 밖의 일로 기분이 안 좋을 때는 말동무가 되어주곤 했다. 그러다 보니 새어머니와 사이가 점점 좋아졌다.

그는 등하굣길에도 주변의 모든 것들을 관찰했다. 아파트 현관 게시판에서 사라진 게시물이 무엇이고, 새로 붙은 게시물이 무엇인지 단박에 파악했다. 또한 제과점에 진열된 케이크나 빵 모양을 보고 제빵사가 바뀌었음을 알아챘고, 자전거 주차장에서 어떤 자전거가 사라졌고 어떤 자전거가 새로 놓여 있는지를 알았다.

관찰력은 탁월했지만 공부 머리는 별로였다. 그는 고등학교에 진학하고 나서 자신의 학업 수준이 다른 학생들에 비해서 형편없다는 사실을 깨달았다. 전교에서 거의 꼴찌 수준이었다. 아버지는 물론이고 새어머니 보기 민망해서 죽어라 공부했지만 기초가 워낙 부족하다 보니 성적을 올리는 데 한계가 있었다. 그는 가까스로 서울의 하위권 대학 철학과에 진학했다.

그는 한동안 외톨이로 지냈다. 말수가 적은 데다 혼자 있는 것 자체를 즐기다 보니 다가오는 사람이 없었다. 그런데 언제부터인가 그의 주변에 사람이 들끓기 시작했다. 주로 고민 상담이나 연애 상담을 하려는 사람들이었다. 그가 경청하고 나서 몇 가지 질문을 한 뒤 조언해주면, 열에 일고여덟은 맞아떨어졌다.

군대에서도 그는 고민 해결사 노릇을 했다. 대학을 졸업하고 들어간 회사에서도 이런저런 상담 요청이 끊이질 않았다.

그는 연애 상담을 해주던 직장 동료와 결혼했다. '여신'으로 불릴 정도로 미인인 데다 집안도 좋아서 결혼 발표를 하자 모두들 깜짝 놀랐다. 그들의 표현대로 하면 '분에 넘치는 여자'를 아내로 얻을 수 있었던 비결은 공감 능력에 있었다.

연애 상담을 하던 중 자신의 기쁨과 슬픔을 고스란히 알아주자 그녀는 호감을 느꼈고, 호감이 사랑으로 바뀌는 데는 그리 오래 걸리지 않았다.

그는 구매부서에서 근무했는데 탁월한 협상 능력을 발휘했다. 대개 협상 테이블에 앉으면 칼자루를 쥐고 있는 쪽에서 미리 짜온 제안서를 들이밀며 협상을 이끌어나가기 마련이었다. 그러나 그는 상대방의 입장부터 들었다. 그런 다음 단가를 서로 맞출 수 있는 방안을 찾기 위해, 상대방의 입장에서 다각도로 고민했다.

협상이 끝나면 결과와 상관없이 협력업체에서 몹시 고마워했다. 자신들의 입장을 최대한 배려해줬다는 사실을 알기 때문이었다.

그는 구매팀장까지 순조롭게 승진했다. 그러던 어느 날, 부하직원이 협력업체에서 리베이트를 받았다는 소문이 돌았다. 감사팀에서 구매부에 대한 대대적인 조사에 들어갔고, 리베이트 사건이 사실로 밝혀지자, 그는 구매팀장으로서 모든 책임을 지고 자진 사퇴했다.

선배 회사에 들어가서 1년 남짓 일하던 그는 독립해서 회사를 차렸다. 예전에 인연을 맺어두었던 협력사 임직원들의 도움으로 회사는 빠르게 성장했다.

3년도 채 되지 않아 회사는 안정권에 접어들었다. 그는 이제 50을 코앞에 두고 있다. 귀밑머리가 새하얘졌고 노안이 와서 신문을 보려면 돋보기를 써야 했다. 신체는 늙었지만 마음을 읽는 능력만큼은 여전했다. 직원들은 물론이고 거래처 사람들도 그가 입을 열면 깜짝깜짝 놀랐다.

그의 특별한 능력은 '관찰 습관'에서 비롯되었다.

부부의 이혼 사유 중에서 1위는 성격 차이입니다.

성격 차이란 남녀의 차이에서 비롯되기도 하지만

살아온 날들이 달라 이해의 폭이 좁기 때문이기도 합니다.

삶이 힘들게 느껴지면

얼굴을 마주 보고 있어도 자기 이야기만 합니다.

상대방이 지금 어떤 처지에 있고,

어떤 기분인지는

헤아릴 생각조차 하지 않습니다.

누군가의 마음을 얻으려면

먼저 관심을 갖고

무엇을 좋아하고 무엇을 싫어하는지 관찰해야 합니다.

벤저민 디즈레일리는 이렇게 말했습니다.

"상대방의 일을 화제로 삼는다면

몇 시간이든 귀를 기울여줄 것이다."

현명한 사람은 사랑도, 사업도

관찰에서부터 시작합니다.

멋진 추억은 인생의 선물

직장 동료였던 K와 L은 함께 인터넷 사업을 준비했다.

그들은 퇴근 후 커피숍에서 만나 지역의 유명 관광지와 숙박업소를 소개하는 웹사이트를 개설하기 위한 준비 작업을 했다. 틈틈이 전문가를 찾아가 조언을 구했고, 관련 업계 종사자를 만나 조언을 들었다. 그들은 인터넷 세상은 하루가 다르게 변하고 있으니, 시작할 거면 한시라도 빨리 시작하라고 입을 모았다.

그들은 사업에 전념하기 위해 퇴사를 결심하고 동시에 사표를 냈다. K가 사직하겠다고 하자 팀장이 붙잡았다. 그러나 그는 뿌리치고 회사를 나왔다.

L의 사직서는 팀장이 해외출장을 가는 바람에 한동안 보류되었다. 출장에서 돌아온 팀장이 만류했고, 본부장까지 나섰다. 과장으로 승진시켜주고 연봉도 올려주겠다고 했다. 결정을 못 내리고 있는데

아내까지 결사적으로 반대했다. 갈등하던 그는 결국 회사에 남기로 마음을 바꿨다. 뒤늦게 소식을 들은 K가 당황해서 마음을 돌리려고 설득했지만 소용없었다.

둘이서 준비해왔던 일을 혼자 하려니 엄두가 나지 않았다. 신나게 달리다가 절벽을 마주한 기분이었다. 포기하고 다시 취직할까 하는 마음도 없지 않았지만 이대로 포기하면 훗날 반드시 후회할 것 같았다.

'이왕 시작했으니 가는 데까지 가보자!'

K는 작은 사무실을 얻었고, 프로그래머와 디자이너를 뽑았다. 어렵사리 웹사이트는 개설했지만 수익은 미미했다. 인력도 부족했고 돈도 부족했다. 여기저기서 투자를 받아가며 가까스로 버티다 보니 조금씩 수익이 나기 시작했다. 희망이 보인다 싶었는데 인수 제의가 들어왔다. 제안을 한 차례 거절했더니 사장이 직접 나섰다.

"우리가 준비하고 있는 사업과 겹치네요. 이 정도 조건이라면 나쁘지 않을 거예요."

새로운 제안서를 살펴본 그는 깜짝 놀랐다. 시작 단계임에도 불구하고 상당한 액수였다.

인터넷 사업은 아이디어만 있으면 될 줄 알았는데, 막상 경험해 보니 생각처럼 간단하지 않았다. 제대로 하려고 마음먹으면 먹을수록 해야 할 일도 기하급수적으로 늘어났고, 돈도 그만큼 들어갔다. 그는 자금의 한계를 느끼고 있던 터라 제안을 받아들였다.

새로운 사업을 물색하던 그는 스마트폰이 대중화되기 시작하면서 모바일 앱이 뜨고 있다는 사실에 주목했다. 그는 중국으로 건너가서 애플리케이션 제작 회사를 설립했다.

L은 뒤늦게 K가 '돈방석'에 앉았다는 소식을 들었다. 그는 땅을 치며 후회했지만 엎질러진 물이요, 지나가 버린 버스였다.

그 뒤로 10년이 넘는 세월이 흘렀다. 하지만 L은 그 일을 생각할 때면 여전히 가슴이 아렸고 밥맛이 뚝 떨어졌다.

"왜 결정적인 순간에 발을 빼셨던 거죠?"

내가 묻자 그는 이렇게 대답했다.

"막상 직장을 그만두려니 겁나더라고요. 사실 세상일이란 건 모르는 거잖아요? 마음먹은 대로 된다면 누군들 성공 못 하고, 누군들 부자가 되지 못하겠어요? 성공은 똑똑한 사람이 하는 게 아니라 용감한 사람이 하는 것 같아요!"

❖

무슨 일이든 새로운 일에 도전하기 위해서는 용기가 필요하다. 이러한 용기는 하루아침에 생기지 않는다. 사실 용기는 선천적인 요소도 적지 않지만 평소에 사물을 바라보는 습관에 의해서 형성된다.

예를 들어서 높이 나는 새를 바라봐도 사람들 생각은 제각각이다. 긍정적인 사고가 밴 사람은 '참 신나겠다!'고 생각하고, 부정적인 사고가 밴 사람은 '춥고 외롭겠다!'고 생각한다.

용기는 긍정적인 생각에서 솟아나는 온천수 같은 것이다. 긍정적인 사람은 성공했을 때의 기쁨을 상상하는 반면, 부정적인 사람은 실패 뒤에 찾아올 참담함을 상상한다. 그래서 같은 일을 동시에 시작해도 어떤 사람은 해내는 반면 어떤 사람은 포기한다.

인간의 운명을 결정짓는 것은 평상시 생각이다. K와 L에게는 공정하게 기회가 찾아왔다. 하지만 K는 기회를 잡았고, L은 놓쳤다. 그들의 행동을 결정한 것은 세상을 바라보는 시각의 차이였다.

그 일로 인해서 K의 삶은 확 바뀌었고, L의 삶은 변함이 없다. 그렇다면 L은 아무것도 잃은 게 없는 걸까?

원점으로 돌아오는 데는 두 종류가 있다. 아무것도 하지 않고 상상만 하다가 원점으로 돌아오는 경우와 실제로 부딪쳤다가 다시 원점으로 돌아오는 경우.

인생의 순간들은 모두 다 지나간다. 행복했던 순간도, 불행했던 순간도 세월이 흐르면 사라진다. 하지만 그럼에도 불구하고 사라지지 않는 것이 있다. 그것은 바로 '추억'이다. 겉보기에는 똑같아 보일지라도 전자는 추억조차 없고, 후자는 추억이 남는다.

『노인과 바다』는 헤밍웨이가 53세 때 아바나의 실제 어부인 레고리오 푸엔테의 이야기를 듣고 영감을 받아 쓴 작품이다.

84일 동안 물고기 한 마리 잡지 못했던 노인은 사흘 동안의 대결 끝에 자신의 배보다도 큰 거대한 청새치를 잡는다. 고기를 끌고 돌아가는 길에 상어와 사투를 벌이고, 지칠 대로 지친 노인은 혼잣말을 중얼거린다.

"인간은 패배하려고 태어나지 않는다. 인간은 죽을 수는 있을지 언정 패배하지 않는다."

거대한 청새치는 수시로 달려드는 상어 떼에게 물어뜯겨, 그가 뭍에 닿았을 때는 앙상한 뼈만 남았다.

노인은 결국 고기를 잡지 못하고 돌아온 날과 똑같은 처지가 되었다. 결과는 똑같지만 그에게는 멋진 추억이 남았다.

거대한 청새치를 잡기 위한 사흘간의 대결, 대결에서 승리했을 때의 짜릿함, 그리고 상어 떼와의 사투를 어찌 잊겠는가.

추억이란 용감한 사람들을 위한 인생의 선물 같은 것이다.

당신은 어떤 추억을 간직하고 있나요?

회상하는 순간, 입가에 미소가 떠오를 만큼 멋진 것이기를.

지난 삶을 아무리 훑어보아도 멋진 추억이 없다면

추억을 만들어보는 건 어떨까요?

용기를 내서 해보고 싶었던 일에 도전해보세요.

자신이 없더라도 "난 할 수 없어"라고 말하지 마세요.

"내가 할 수 있을까?"라고도 말하지 마세요.

"나는 할 수 있다!"고 말하세요.

별 볼 일 없는 인생을 사는 사람은

"내 인생은 참 보잘것없어!"라고 말합니다.

멋진 인생을 사는 사람은

"후회 없이 살아왔어!"라고 말하죠.

새로운 시작 앞에서, 혹은 난관 앞에서

두려움에 떨지 말고 나 자신을 믿으세요.

인간은 죽을 수는 있을지언정 패배하지는 않는답니다.

설령 실패하면 또 어때요?

인생은 계속되고, 멋진 추억도 있는걸요.

지옥에는 누가 사는가

S는 졸업 후 대학 선배와 3년 연애 끝에 결혼했다. 그녀는 근래 들어서 잠을 제대로 이루지 못했다. 그 이유는 후배인 U 때문이었다.

남편과 U는 한때 죽고 못 사는 연인 사이였다. 그런데 U가 남편의 회사에 경력 사원으로 입사한 것이었다. 그것도 같은 영업부였다.

남편은 그 사실을 감췄다. 그런데 그녀는 동창회에 나갔다가 우연히 그 사실을 알게 되었다. 남편은 중요한 일도 아니고, 괜한 의심을 사고 싶지 않아서 말을 하지 않았다고 하지만 그녀는 기분이 몹시 언짢았다.

그 뒤부터 의심이 시작되었다. 남편이 늦게 들어오면 U와 함께 있는 건 아닐까, 의심스러웠다. 남편이 출장을 가면 함께 간 건 아닐까, 의심하곤 했다.

그녀의 의심은 점점 심해져서, 상상하는 단계를 넘어서서 확신

단계에까지 이르렀다.

'둘이서 나 몰래 살림을 차렸어. 그러니까 매일 밤늦게 귀가하지!'

삶이 지옥이었다. 남편이 출근하면 온갖 안 좋은 상상을 했고, 퇴근 시간이 되면 초조하게 시계만 바라보았다. 가끔씩 남편이 일찍 귀가해도, 의심을 피하기 위한 술수라는 생각이 들어서 괴로웠다.

그녀는 증거를 찾기 위해 남편의 양복과 와이셔츠를 뒤졌고, 카드 명세서를 면밀하게 검토했다. 의심의 눈으로 바라봐서 그런지 모든 것이 의심스러웠다.

반년 남짓 의심하다 보니 망상이 끊이질 않았다. 여자를 끌어안고 모텔로 들어가는 남자를 보면 남편 같았고, 귀에서는 두 사람의 낯간지러운 대화가 환청처럼 들려왔다.

도저히 이대로는 못 살겠다 싶어서 U를 찾아갔다. 두 사람이 죽고 못 사는 사이라면 깨끗이 이혼해주기로 마음을 정한 터였다.

U는 몹시 반가워했다. 그녀는 간단한 인사말을 한 뒤에 본론으로 들어갔다.

"너 요즘 사귀는 사람 있지?"

"어, 어떻게 알았어?"

"그 사람, 나도 아는 사람이지?"

"선배하고 아는 사이예요?"

U는 잠시 고개를 갸웃거리더니 휴대전화를 켜고 사진을 보여주었다.

"선배가 말하는 사람이 이 사람 맞아요?"

처음 보는 남자였다. 사진 속의 남자는 헌칠했으며 마치 대학생 같았다.

"이 남자하고 사귀고 있다고? 언제부터?"

"만난 지 200일 가까이 됐어요."

"어떻게 만났는데?"

"치과에 충치 치료하러 갔다가 만났어요. 웃기죠?"

처음에는 급조해낸 거짓말인 줄 알았다. 그러나 이야기를 나누면 나눌수록 사실일지도 모른다는 생각이 들었다. 그녀의 휴대전화 속에는 치과의사와 함께 주말마다 외제차를 타고 다니며 여행지에서 찍은 사진이 수백 장 들어 있었다.

"올가을에 결혼하려고 요즘 예식장 알아보고 있어요."

긴가민가하고 있는데 남자에게 카톡이 왔다. '저녁 먹자'는 내용이었다. U는 스스럼없이 그 자리에서 레스토랑을 예약했다.

그녀는 거리를 돌아다니다가 두 사람이 만나기로 한 레스토랑으로 갔다. 주차장 한쪽에 몸을 숨기고 있으니 U가 먼저 레스토랑으로 들어갔다. 잠시 뒤 사진으로 보았던 파란색 외제차가 들어왔고, 치과의사가 내렸다.

레스토랑은 통유리였다. 그들은 창가에 자리를 잡고 앉았는데 멀리서 보더라도 의심할 여지 없는 연인이었다. 한창 타오르는 시기인지 서로를 바라보는 눈빛이 애틋했다.

그녀는 집으로 가기 위해 지하철을 탔다. 자꾸만 헛웃음이 나왔다. 지난 일들을 곰곰이 되짚어보니 남편이 바람피운다는 그 어떤 증거도 없었다. 실체도 없는 허상을 갖고 온갖 불길한 상상을 하며 괴로워하다니!

'진작 만나볼걸!'

그녀는 마트에 들러서 남편이 좋아하는 회와 와인을 샀다. 오늘은 모처럼 남편하고 단둘이서 이런저런 이야기를 하면 만취해볼 작정이었다.

지옥을 탈출한 기념으로.

❖

서울역 앞을 지날 때면 '예수천국, 불신지옥'이라는 팻말을 들고 포교활동을 하는 신자들을 더러 보곤 한다.

믿으면 천국이요, 믿지 않고 의심하면 지옥이라는 뜻이니 틀린 말은 아니다. 천국과 지옥의 실제 존재 여부를 떠나서 마음이 평화로우면 삶이 천국이요, 마음이 불안하면 삶이 지옥이다.

대인 관계에서는 믿음이 중요하다. 믿음 위에서 관계가 형성되기 때문이다.

신뢰할 수 없는 사람과는 친구가 되어서는 안 되고, 더더욱 동업을 해서는 안 된다. 또한 바람을 피울 것 같은 사람이나 무책임한 사람과는 결혼해선 안 된다. 그것은 스스로 지옥문을 열고 들어가는 꼴이다.

관계를 형성하기 전에는 충분히 의심해봐야 한다. 그러나 일단 마음의 문을 열고 관계를 형성했으면 믿어야 한다. 확실한 증거가 있다면 몰라도 근거도 없이 추측만으로 의심하게 되면 삶이 지옥이다.

추측이 맞아떨어지는 경우도 있지만 대개 의심은 의심으로 끝나고 만다. 그럼에도 불구하고 의심이 마음속에서 끊이질 않는 이유는 전체 속에서 파악하기보단 한 부분만을 잘라서 보기 때문이다. 같은 말이라도 상황에 따라서 의미가 달라지는 경우가 태반임에도 불구하고.

설령 친한 친구가 나를 비방했다는 소문을 듣게 되더라도 일단은 믿어야 한다.

'그 친구가 날 그렇게 말했을 리가 없어!'

다른 의미로 한 말일 수도 있고, 설령 사실일지라도 그럴 만한 사정이 있겠거니 생각하고 넘어가는 게 정신 건강에 이롭다.

그러나 그 일이 머릿속에서 계속 맴돌고, 괴로워 미칠 것만 같다면 만나서 직접 해명을 들어볼 필요가 있다. 상상과 현실은 다르다. 상상 속에서는 어마어마한 괴물도 실제로 부딪쳐보면 별것 아닌 경우가 태반이다.

우리의 삶 속에는 천국도 숨겨져 있고, 지옥도 숨겨져 있다. 어떤 이는 천국을 찾아내 들어가서 사는 반면 어떤 이는 지옥을 찾아내 들어가서 산다.

사는 게 지옥 같다면 한시라도 빨리 탈출하기를!

김동인의 소설 『배따라기』는 동생과 아내의 관계를 의심해서

가정이 파탄 나고 괴로운 삶을 살아가는

한 남자의 이야기를 그리고 있습니다.

동생에 대한 믿음도

아내에 대한 믿음도 없었기에 빚어진 비극인데

실제로 우리 주변에 이와 유사한 일들이 비일비재합니다.

의심이 의심을 낳고,

결국 그 의심은 돌이킬 수 없는 비극을 낳습니다.

믿음이 깊다 보면 때로는 배신당하기도 하지만

의심하다가 스스로 삶을 망쳐 자멸하는 것보다는 낫습니다.

전자는 나의 잘못이 아니지만

후자는 순전히 나의 잘못이기 때문입니다.

지옥에서 힘든 나날들을 보내고 있다고요?

그럼 이제 그만 벗어나세요.

그곳으로 걸어 들어간 사람도 당신이고

그곳에서 벗어나게 해줄 수 있는 사람도 당신뿐입니다.

하찮은 일들 속에
숨겨진 기쁨

S는 대학을 졸업하고 외국 유학을 떠났다. 그녀는 낯선 이국땅에서 책을 벗 삼아 세월을 보냈다. 박사 학위를 받고 나니 어느새 30대 중반이었다.

그녀는 한국으로 돌아왔다. 친구들은 대부분 결혼해서 가정을 꾸리고 있었다. 그도 몇 차례 소개도 받고 선도 봤지만 '운명의 남자'를 만나지는 못했다.

시간 강사를 하며 교수 자리를 물색하고 있는데, 대학 선배가 찾아왔다. 벤처 회사를 설립했는데 같이 일해보자는 것이었다. 여러모로 열악한 환경이었지만 사업 아이템도 좋고, 전망도 괜찮아 보였다.

그녀는 선배의 회사에서 일을 시작했다. 퇴근 후 달리 시간 보낼 곳도 없고 해서 열정을 바쳐서 일했다. 때론 여성의 벽을 뛰어넘는 일도 서슴지 않아서 그녀는 이내 업계에서 유명 인사가 되었다.

회사는 빠르게 성장했고 회사는 코스닥에 상장했다. 그녀는 스톡옵션으로 인해서 상당한 자산가가 되었다.

청춘은 정신없이 공부하고 일하는 사이에 흘러가 버렸지만 그녀는 자신의 삶에 만족했다. 특히 동창회에서 평범한 아주머니가 되어 버린 친구들이 선망의 눈길로 바라볼 때, 그녀는 자신의 성공을 실감했다.

그러나 행복은 오래가지 않았다. 어느 날부터 식욕이 뚝 떨어졌고 소화가 되지 않았다. 몸무게는 날이 갈수록 줄어들었다. 병원에서 정밀 검사를 받아보니 췌장암이었다. 의사는 결과를 장담할 수는 없지만 일단 절제 수술을 받으라고 권했다.

"생각해볼게요."

그녀는 회사에 휴가를 냈다. 공황 상태에 빠져서 집에서 꼼짝 않고 며칠을 지냈다. 수술을 받아야 할지, 말아야 할지조차 판단이 서지 않았다. 왜 하필이면 자신에게 이런 일이 닥쳤는지 도무지 이해할 수 없었다.

하루는 샤워하고 나서, 속옷을 던져놓으려고 세탁실에 들어갔다가 수북이 쌓여 있는 빨래를 발견했다.

그녀는 비로소 아파트를 찬찬히 살펴보았다. 3년 전에 입주했을 때만 해도 반짝이던 아파트였다. 그런데 세탁실에는 먼지가 가득했고, 욕실은 물때로 뒤덮여 있었다. 소파 밑에는 머리카락이 먼지와 함께 실타래처럼 뭉쳐 있고, 인덕션은 찌개가 끓어 넘친 자국과 기름이 튄 자국으로 지저분했다.

그녀는 살아오면서 '살림'이란 걸 제대로 해본 적이 없었다. 부모님은 그녀가 살림 대신에 공부만 하기를 바랐다. 그러다 보니 살림은 항상 뒷전이었다. 음식 해 먹기 귀찮아서 거의 외식했고, 세탁하기 귀찮아서 운동화는 더러워지면 버리고 새로 샀다.

'살림은 하찮은 일'이라는 생각이 머릿속에 깊숙이 박혀 있었다. 그녀는 청소업체를 불러서 대청소를 시킬까 하다가 마땅히 할 일도 없다는 사실을 떠올렸다.

그녀는 모처럼 만에 소매를 걷어붙였다. 회사에 입사해서 프로젝트를 처음 맡았을 때처럼 전의가 불타올랐다. 그녀는 달려들어서 수북이 쌓인 일들을 하나씩 해치워 나갔다.

빨래를 넣고 세탁기를 돌리며 설거지를 했다. 그런 다음 싱크대, 인덕션, 냉장고, 김치냉장고, 전자레인지, 전기밥솥 등을 닦았다. 이어서 방, 거실, 욕실, 베란다를 청소했고, 유리창을 닦고, 빨래를 널고, 소파와 침대 위치를 바꿨다.

처음에는 만만하게 봤는데 막상 해보니 간단하지 않았다. 마치 수천 명의 난쟁이와 싸우는 기분이었다. 허리가 끊어질 듯 아팠지만 그녀는 이를 악물고 했다.

청소하는 중간에 경비실에서 스티커를 발부받아 깨진 거울과 안 쓰는 오디오를 버렸고, 옷방을 뒤집어 안 입는 옷을 선별해서 버렸고, 은행에 들러 각종 세금과 주차위반 범칙금을 납부했다.

다시 집으로 돌아온 그녀는 할 일을 찾아 두리번거리다가 세탁기 속의 옷을 꺼내서 건조대에 널기 시작했다. 무수히 많은 속옷과 양말을 널고 있느니 눈물이 주르륵 흘러내렸다. 어쩌면 이 옷들을 두 번 다시 세탁할 수 없을지도 모른다는 생각이 들었다.

그녀는 수건을 물에 적신 뒤 가구를 닦기 시작했다. 청소가 지겨워졌지만 멈출 수 없었다. 그녀는 가구에 내려앉은 먼지를 닦아내며 '내가 집 안 청소를 중단할 만큼 중요한 일은 뭐가 있을까?' 하고 곰곰이 생각해보았다. 회사에서 하는 잡무도 살림보다는 중요하다고 생각해왔는데, 막상 중요도를 따져보니 그렇지도 않았다. 중요한 업무라고 여겨왔던 회사 일도 따져보니 인생에서 우선순위는 아니었다.

문득, 얼마 전에 만났던 동창의 얼굴이 떠올랐다. 연년생인 두 아이를 돌보느라 잠도 제대로 자지 못해 얼굴이 푸석푸석한데도, 행복하다며 환하게 웃던 친구. 어쩌면 살림이란 건 사람들이 생각하는 것 이상의 의미가 있는지도 모른다는 생각이 들었다.

아침 일찍 시작했는데 청소를 끝내자 한밤중이었다. 전신이 몽둥이로 두들겨 맞은 듯 욱신거렸다. 그녀는 흔들의자에 앉아서 서울의 밤풍경을 바라보았다. 몸은 고단했지만 마음은 그 어느 때보다 평온했다.

문득, 인생은 하찮은 것들로 이루어져 있다는 생각이 들었고, 하찮을 일들을 하다가 손등에 주름이 자글자글해질 때까지 살고 싶다는 욕구가 끓어올랐다.

그녀는 마침내 수술을 받기로 결심했다.

당신에게는 인생의 우선순위가 있나요?

우선순위대로 살고 있나요?

살아온 날들의 습관대로 살면 편리하기는 하지만

정작 중요한 것들을 못 보고 지나치기 쉽습니다.

가끔은 내가 소중한 것들과 너무 멀리 떨어져 있지 않나

그것들을 소홀히 하고 있지는 않나

의심해보아야 합니다.

우리는 어리석게도 소중한 것들을

잃어버린 뒤에야 그 가치를 깨닫게 됩니다.

벤저민 프랭클린은 이렇게 말했습니다.

"행복은 아주 드물게 찾아오는 거창한 행운보다는

매일 일어나는 자잘한 편리함과 기쁨에 깃들어 있다."

하찮은 것들이라고 무시하지 마세요.

작은 물방울이 모여서 강물을 이루듯

자잘한 기쁨이 모여서 행복한 삶을 이룬답니다.

삶에서 한 걸음 물러서기

나무를 보지 말고 숲을 보라.

부분에 얽매이지 말고 전체를 보라는 뜻으로 흔히 사용하는 말이다. 의미는 좋으나 바쁜 현대사회에서 숲을 보며 살아가는 사람이 얼마나 될까.

부부일지라도 약간의 거리를 두어야 사랑이 오래 지속되듯, 삶이 바쁠수록 한 걸음 물러나 전체를 보려고 노력해야 한다.

제대로 된 삶을 위해서!

G는 종합병원에서 근무하는 내과의사다. 그는 선택 장애가 있어서 혼자서는 아무것도 못 한다. 출근복과 넥타이는 물론이고 양말도 혼자서 골라 신는 법이 없다. 결혼 전에는 어머니가 챙겨주었고, 결혼 후에는 아내가 챙겨주었다.

음식점이나 술집도 정해져 있다. 젊었을 때는 새로운 음식점을 찾아다니기도 했고, 친구들하고 분위기 좋은 술집을 찾아다니며 술을 마시기도 했다. 그러나 나이를 먹자 점차 시들해졌다. 그는 언제부터인가 맛이나 분위기보다는 익숙함과 편리함을 추구했다.

여행도 해외여행보다는 국내여행을 선호했다. 예상치 못한 돌발 상황이 싫었고, 그로 인한 스트레스는 생각만으로도 끔찍했다.

옆에서 지켜보면 지극히 단순한 삶이었다. 하지만 그는 시계추처럼 반복되는 일상을 사랑했다. 아주 가끔씩 권태가 밀려올 때는 잠을 잤다. 푹 자고 나면 피로도 가시고 세상이 새롭게 보였다.

그러던 어느 날이었다. 평온한 삶을 뿌리째 뒤흔든 사건이 발생했다.

그날은 병원에서 퇴근하며 단골 술집에 들러 위스키를 한잔 마셨다. 전신에 퍼져가는 알코올 기운을 즐기며 음악에 귀를 기울이고 있는데, 병원 응급실에서 긴급 상황을 알리는 호출이 왔다. 응급실을 지키던 레지던트가 도움을 요청한 것이었다.

무시해버릴까 하다가 구강청결제로 술 냄새를 없앤 뒤 병원으로 달려갔다. 환자는 생명이 위독한 상황이었다. 그는 몇 가지 조치를 취한 뒤 집으로 돌아왔다. 그로부터 두 시간쯤 지나서 다시금 병원에서 호출이 왔다. 병원으로 달려가니 환자의 호흡이 멎어 있었다. 심폐소생술을 시도해봤지만 소용없었다.

'어쩔 수 없는 일이야. 나는 최선을 다했어!'

그는 응급실을 나서며 스스로를 달랬다.

착잡한 마음으로 병원을 나서려는데 왠지 마음에 걸리는 게 있었다. 혹시나 싶어서 환자의 차트를 찬찬히 살펴보았다. 환자는 몇 가지 질병을 갖고 있었는데 그중 하나는 처음에 진단을 내릴 때 미처 보지 못했던 것이었다.

순간, 가슴이 철렁 내려앉았다. 자신이 내린 약물 처방법이 일반적인 증상에는 맞지만 이 환자에게는 치명적일 수도 있었다. 환자 가족 측에서 의료사고라고 물고 늘어지면 곤란할 수도 있겠다는 생각이 들었다.

그러나 워낙 여러 차례 생사의 고비를 넘나들었던 환자여서, 가족들은 환자의 죽음을 자연스럽게 받아들였다.

다행히도 그 사건은 조용히 묻혔고 시간이 지나면서 잊혀갔다. 하지만 그의 가슴속에서는 지워지지 않았다. 일종의 소명 의식을 갖고서 환자를 돌보았던 그로서는 잊으려 해도 잊을 수가 없었다.

'인정하고 싶지 않겠지만 나의 과실이야. 세상 모든 사람들이 몰라도 신과 나는 알고 있어!'

양심의 소리에 귀를 기울이다 보니 술을 자주 마시게 되었고, 굳건하다고 믿어 의심치 않았던 그의 삶에 균열이 생기기 시작했다.

"요즘 우울해 보여! 며칠 휴가라도 갔다 오는 게 어때?"

그는 내과 과장의 권유를 받아들였다. 삶에서 한 발짝 떨어져서 자신의 인생 전반을 살펴보고 싶었다.

그는 단체 패키지여행이 아닌 배낭여행을 계획했다. 그의 성격을 아는 가족과 지인들의 걱정을 뒤로하고 유럽으로 훌쩍 떠났다.

3개월 동안 여행할 계획이었다. 그런데 첫 달은 지독한 공포 속에서 지내야 했다. 세상은 낯설고 위험해 보였다. 그는 긴장을 한시도 풀지 못했다.

'그냥 집으로 돌아갈까?'

여러 차례 귀가하고 싶은 유혹이 스며들었다. 그러나 꾹 참고서 여행을 계속했다. 한 달이 지나면서부터 서서히 긴장이 풀렸다. 수시로 머릿속에 떠오르던 병원이나 집안 관련 일들도 더 이상 생각나지 않았다. 비로소 풍경이 눈에 들어오기 시작했고, 그때부터 여행이 즐거워졌다.

여행의 기쁨을 만끽하다 보니 자신이 살아왔던 인생이 보였다. 그는 관찰자가 되어서 객관적으로 자신의 삶을 바라보았다.

'훌륭한 인생은 아니라 하더라도 나쁘지는 않은 삶이야! 물론 앞으로 남은 인생을 어떻게 살아가느냐가 더 중요하겠지만.'

100일 남짓한 배낭여행을 마치고 돌아온 그는 병원에 복귀했다. 요즘 그는 의사의 소임을 다하며, 자신의 오진으로 인해서 소중한 사람을 잃은 가족들을 돕기 위한 방법을 찾고 있다.

밤낮없이 일하다 보면
정작 일하는 이유를 잊어버리고
다양한 사람들을 만나 바쁘게 살아가다 보면
정작 살아가는 이유를 잊어버리기도 합니다.

화가는 화폭에 그림을 그릴 때

수시로 한 걸음 뒤로 물러서서 바라봅니다.

기법이나 기교에 사로잡히면

처음 의도와는 전혀 다른 그림이 되기 때문입니다.

인생은 점묘화입니다.

하루하루가 모여서 선이 되고

그 선들이 모여서 형체를 이루고

그 형체들이 모여서 한 사람의 인생을 이룹니다.

가끔씩 한 걸음 뒤로 물러서서 전체를 보세요.

한 번 사는 인생,

이왕이면 멋진 그림을 그리세요.

길을 잃는다는 것은
곧, 길을 알게 된다는 것이다.

—동아프리카 속담

CHAPTER 4

그리움의 숲에
내리는 눈

마음의 벽을 허무는 시간

S와 P는 콩 한 쪽도 나눠 먹을 만큼 절친한 사이였다. 같은 마을에 살며 초등학교는 물론이고 중고등학교까지 같이 다녔다.

고등학교를 졸업하고 S는 땅을 임대해서 농사를 지었고, 전문대학을 졸업하고 귀향한 P는 아버지와 함께 소를 키웠다.

가을걷이가 끝나자 S는 달리 할 일이 없었다. 긴 겨울을 동네 어른들처럼 빈둥거리며 지내고 싶지는 않았다. 겨울에 할 수 있는 일이 없을까 고민하던 중 하우스 농사가 수입이 짭짤하다는 소식을 들었다. 그는 이웃 마을에서 하우스를 이용해서 토마토 농사를 짓는 사람을 찾아갔다. 하우스 짓는 법부터 시작해서 수확한 토마토 판매 경로까지 상세하게 배웠다.

집으로 돌아와 여러 차례 계산기를 두드려보았다. 초기에 돈이 제법 들어가지만 일단 수확하기 시작하면 투자금을 뽑기까지 그리

오래 걸리지 않았다.

"면적 대비 효율성이 괜찮네!"

문제는 초기 자금이었다.

S는 고민하다가 P를 찾아가서 자신의 계획을 설명한 뒤 돈을 빌려달라고 부탁했다. P는 마침 소 판 돈이 있다며 흔쾌히 빌려주었다.

"고맙다! 내가 조만간 꼭 갚을게."

하지만 S는 약속을 지키지 못했다. 그해 겨울 폭설이 내려서 하우스가 무너졌고, 토마토가 다 얼어 죽어버렸기 때문이었다.

S는 친구 볼 면목이 없었다. 장터에서 P를 발견해도 일부러 피해 가곤 했다. 관중과 포숙아처럼 절친했던 두 사람의 사이는 날이 갈수록 소원해졌다.

그렇게 2년이 흘러갔다.

겨울이 되자 S는 달리 할 일이 없어 마을회관에 놀러 갔다. 동네 어른들 사이에 끼어서 막걸리를 한잔 마시고 집으로 돌아가는데 함박눈이 내렸다. 빈 들에 펑펑 쏟아지는 함박눈을 보고 있으니 문득, P가 생각났고 그와 함께했던 지난날들이 떠올랐다.

어렸을 때 비료 포대를 눈썰매 삼아 산비탈에서 놀던 일, 도랑에서 물고기 잡다가 물고기는 못 잡고 동네 닭을 대신 잡아먹은 뒤 주인을 만날 때마다 가슴 졸였던 일, 인근 도시에서 열리는 축제에 갔다가 지갑을 잃어버리고 차비가 없어서 이틀을 꼬박 걸었던 일 등이 그림처럼 머릿속을 스쳐 지나갔다.

친구와 함께했기에 더욱더 소중한 추억이었다. 문득, 돈 몇 푼 때문에 둘도 없는 친구를 잃을 수는 없다는 생각이 들었다. 돈이야 살다 보면 얼마든지 벌 수 있지 않겠는가. 그는 일단 소원해진 관계부터 회복해야겠다는 생각이 들었다.

결심을 하고 나자 마음이 급해졌다. 지금이 아니면 영영 기회가 없을 것 같은 예감이 들었다. 그는 집으로 향하던 발길을 돌렸다. 친구의 축사까지 가려면 크고 작은 산을 세 개나 넘어야 했다. 미끄러지고 넘어지면서도 발걸음을 재촉했다.

20리가 넘는 P의 집에 도착하니 자정이 가까운 시간이었다. 지칠 대로 지친 그는 마음을 가다듬고 그리운 친구의 이름을 불렀다. 자고 있었던지 P가 졸음 가득한 눈을 비비며 마루로 나왔다.

"누구여?"

그는 눈길을 걸으며 입안에서 수없이 중얼거렸던 말을 조심스럽게 토해냈다.

"미안하다, 친구야! 돈을 갚겠다는 약속을 지키지 못해서. 지금은 내가 사정이 좀 여의치 않네. 언제 갚겠노라고 기한은 정하지 못하겠지만 내가 그 돈만은 꼭 갚을게. 자네가 좀 더 기다려주게나."

한동안 소처럼 두 눈을 끔뻑이던 P가 맨발로 뛰어 내려왔다.

"이 친구야, 동상 걸리겠네! 어여 들어가세!"

사람들 사이에는 벽이 있습니다.

친구가 되고, 연인이 되고, 부부가 된다는 것은

두 사람 사이의 벽이 허물어졌음을 의미합니다.

벽이 사라질 때

관계는 보다 깊어지고

마음속 깊은 곳에서 신뢰와 함께

말로 표현할 수 없는 기쁨이 차오릅니다.

살다 보면 벽을 허문 자리에 또 다른 벽이 들어서기도 합니다.

사소한 오해가 벽이 되기도 하고

서운함이 벽이 되기도 합니다.

어떤 이들은 벽을 쉽게 허물고

예전 관계를 회복하기도 하지만

어떤 이들은 벽을 사이에 두고 평생을 살아갑니다.

마음속 깊은 곳에 짙은 그늘을 드리운 채.

더 늦기 전에 벽을 허무세요.

지금이 바로 마음의 벽을 허물 시간입니다.

전화로 고백해도 되고

전화로 곤란하다면 직접 찾아가세요.

첫마디가 어렵지 일단 한마디를 떼고 나면

잠자리 날개처럼 마음이 가벼워집니다.

눈부신 세상이 열립니다.

세상 사람들이 욕할지라도

　의류업체에 근무하는 N과장은 고등학교 동창을 만나기 위해서 일식집으로 갔다. 예약해놓은 방으로 들어서니 친구 옆에 낯선 남자가 앉아 있었다.

　"야, 오랜만이다!"

　"그래! 대체 이게 얼마만이냐!"

　그는 힘주어 악수를 했다.

　"이쪽은 사촌형이야!"

　"반갑습니다."

　사촌형은 악수를 하고 나자 곧바로 명함을 내밀었다. 섬유회사 영업 이사라는 직함이 찍힌 명함을 받는 순간, 입안이 씁쓰름했다. 평소에 연락도 없던 친구가 무슨 바람이 불어서 보자고 했는지 알 것 같았다.

3개월 전에 인사이동이 있었다. 상품기획부에서 일하던 그는 과장으로 승진하면서 입사 후 첫 근무지였던 구매부로 발령이 났다. 직위가 달라진 때문일까. 사원이었을 때는 쳐다보지도 않았던 사람들이 면담을 요청했다. 기존 거래처에서부터 신규로 거래를 뚫어보려는 사람들까지 다양했다.

마음 같아서는 자리를 박차고 나가고 싶었지만 차마 그럴 수는 없었다. 사회에서는 동지를 만드는 일 못지않게 적을 만들지 않는 일도 중요했다.

술이 한 순배 돌고 나자 사촌형이 가방에서 섬유 샘플 북을 꺼냈다.

"솔직히 말씀드리겠습니다. 사실 구매팀장님하고는 이미 이야기가 됐습니다. 팀장님은 과장님만 오케이 한다면 원단을 받겠다고 했습니다. 이것이 저희가 이번에 사운을 걸고 개발한 신제품입니다. 방풍성과 보온성을 현저히 높였습니다. 이건 타사 제품과 각종 실험을 통해서 비교한 데이터입니다."

사촌형이 내민 원단은 대표적인 겨울 의류 소재 가운데 하나인 서모라이트 원단이었다. 얇고 가벼워서 아웃도어 의류를 비롯해서 쓰임새도 다양했다.

원단을 만지작거리다 보니 쓴웃음이 절로 나왔다. 술자리에서 도대체 이게 뭐 하는 짓인가 싶었다. 그러나 내친걸음이었다.

"단가표 좀 볼 수 있을까요?"

"여기 있습니다."

사촌형이 단가표가 적힌 아이패드를 내밀었다.

"여기에서 저희가 할인해줄 수 있는 가격은….”

유심히 들여다보고 있으니 사촌형이 선심 쓰듯 원단 가격을 낮췄다. 그러나 신제품임을 십분 감안한다고 하더라도 현재 쓰고 있는 제품보다 비쌌다. 어떻게 거절해야 할지 몰라 말을 고르고 있는데, 변명하듯이 말했다.

"신제품 개발비가 포함되어서 그렇습니다. 물량만 충분히 받아주신다면 사장님하고 의논해서 최대한 단가를 맞춰보겠습니다.”

"아, 네 일단 알겠습니다.”

그는 어질러진 원단하고 아이패드를 돌려주었다. 사촌형이 주섬주섬 가방에 챙겨 넣자 친구가 화장실에 갔다 오겠다며 일어났다.

"동생에게서 모친 칠순이 며칠 안 남았다고 들었습니다. 이건 영업 활동비로 나오는 상품권입니다. 이걸로 어머님 옷이라도 한 벌….”

사촌형이 가죽으로 된 손가방을 내밀었다. 도대체 상품권이 몇 장이나 들은 걸까? 가죽가방의 지퍼가 터질 듯이 빵빵했다.

"아, 됐습니다. 이러지 마세요!”

"어차피 이번 분기 안에 전부 사용해야 합니다. 다른 의도가 있어서 그런 건 아니니까 조금도 부담 갖지 마세요.”

가죽가방을 놓고 실랑이를 하고 있는데 인기척이 들렸다. 그가 당황해서 주춤거리는 틈을 이용해서 사촌형이 가방을 강제로 떠넘겼다. 어쩔 수 없이 가방을 받아 옆자리에 놓았다.

문이 열리고 친구가 들어왔다. 이상한 분위기를 느꼈을 텐데도 친구는 아무 말 없이 자리에 가서 앉았다.

사촌형이 술 주전자를 들어 올렸다.

"오늘 운수가 좋다고 하더니 과장님을 만나려고 그랬나 봅니다. 제 술 한잔 받으시죠."

그는 굳은 얼굴 표정을 풀고 술잔을 들었다. 맑은 술잔 속을 들여다보고 있으니 주름진 아버지 얼굴이 문득, 떠올랐다.

아버지는 공무원이었다.

상고를 졸업한 아버지는 이듬해에 세무 공무원 시험에 합격했다. 그 당시에는 '지역 담당제'라는 것이 시행될 때였다. 세무 공무원에게 지역이 할당되어 있어서 세금 고지, 체납 세금 징수, 세무 조사 등 해당 지역 납세자의 모든 것을 관리하는 시스템이었다.

세무 공무원만 눈감아 주면 각종 탈세가 가능하다 보니 부정부패가 넘쳐났다. 다수의 세무 공무원들은 물 만난 물고기처럼 돈 봉투를 쓸어 모았다.

'정직하게 살자!'는 가훈 때문이었을까, 천성적인 성격 때문이었을까. 아버지는 지나칠 정도로 청렴결백했다. 동료들은 '줘도 못 먹는' 아버지를 '벽창호'라고 불렀고, 대놓고 따돌렸다. 아버지는 돈 봉투는 물론이고, 사과 한 상자 받지 않았다. 명절에 선물이 들어오면 어머니가 되돌려주었고, 수신자가 적혀 있지 않은 정체불명의 선물은 모아서 보육원에 보냈다.

직장 상사와 동료에게 아버지는 눈엣가시 같은 존재였다. 행여 '내부 고발자'가 될까 봐 두려움에 떨던 그들은 아버지를 떨궈내기 위해 온갖 모함과 비방을 일삼았다. 그 바람에 아버지는 지방 소도시를 전전해야만 했다.

아버지 동료들은 아파트를 몇 채씩 장만하고 은퇴했다. 그러나 아버지는 맞벌이를 한 어머니의 도움으로 코딱지만 한 단독 주택을 가까스로 마련했다. 결국 그 집마저도 친구 보증을 서주는 바람에 은행에 넘어갔고, 아버지는 중풍으로 쓰러지기 전까지 일흔이 넘는 노구를 이끌고 세무사 사무실에서 임시직으로 일했다.

병상에서 5년 남짓 누워 있던 아버지는 임종이 다가오자 그를 가까이 불렀다. 기운은 빠질 대로 빠져 있었지만 또렷한 음성으로 마지막 유언을 남겼다.

"눈치 보지 말고…소신껏 살아…. 세상 사람들이 욕할지라도…네 양심과…가족들 앞에서 부끄럽지 않으면 돼…."

일식집을 나서자 친구가 2차를 가자고 잡아끌었다. 그는 친구의 손을 슬며시 뿌리치며 말했다.

"넌 먼저 들어가라. 2차는 형님하고 단둘이 할 테니까."

"그럴래? 좋은 시간 보내라!"

친구는 의미심장한 미소를 짓고는 택시를 잡아탔다. 친구를 배웅하고 난 뒤, 사촌형님을 데리고 가까운 커피숍으로 들어갔다. 그는 상품권이 든 가죽가방을 돌려주었다.

"마음만 받겠습니다."

"제 성의인데 그냥 받으시죠?"

"팀장님 얼굴을 봐서 오늘 일은 없던 일로 하겠습니다. 계속 이러시면 저도 어쩔 수 없이 강수를 둘 수밖에 없습니다. 이쯤 하세요."

그가 완강하게 말하자 사촌형이 당혹스러운 표정을 지었다.

"보름쯤 뒤에 입찰 공고가 뜰 겁니다. 단가를 낮춰서 입찰해보세요. 제가 해드릴 수 있는 건 이것뿐입니다. 세상을 속이고 싶은 마음은 추호도 없지만, 설령 있다 하더라도 요즘은 예전처럼 감출 수 있는 세상도 아니잖습니까? 다소 서운하시더라도 양해해주셨으면 합니다."

정중하게 말하자 사촌형도 더 이상 설득하려 들지 않았다. 어색한 분위기를 깨기 위해서 잠시 세상 돌아가는 이야기를 나눈 뒤, 나란히 커피숍을 나왔다.

사촌형과 헤어진 뒤 그는 지하철역을 향해 걸음을 옮겼다. 이번 일로 팀장에게 찍힐지도 모른다는 불안감이 밀려왔다. 그는 길게 심호흡을 하며 애써 불안감을 지웠다.

어떤 불이익을 당할지라도 타협하지 않고 떳떳하게 살아갈 작정이었다. 어렸을 때는 몰랐지만 이제는 확신할 수 있었다.

아버지가 간 길이 가시밭길이었을지라도, 그래도 후회 없는 길이었음을.

세상에서 가장 명백한 거짓말은

"난 거짓말을 하지 않는다"는 말이라고 합니다.

인간은 자신을 방어하거나 눈앞의 이익을 위해서

이성 앞에서 돋보이고 싶어서

혹은 솔직히 말하면 상처 입을까 봐 배려해서

이런저런 거짓말을 하게 됩니다.

나 자신에게 부끄럽지 않고

상대방에게도 별다른 피해를 끼치지 않는 사소한 거짓말은

바닷가 모래성처럼 이내 흔적도 없이 지워집니다.

그러나 거짓으로 얼룩진 삶은 지워지지 않습니다.

생의 끝이 점점 가까워질수록 비수가 되어 가슴을 찌릅니다.

임종을 앞둔 사람들이 가장 많이 하는 후회 가운데 하나는

'나 자신에게 정직하지 못한 것'입니다.

마크 트웨인은 이렇게 말했습니다.

"진실을 말한다면 어떤 것도 기억할 필요가 없다."

그물에 걸리지 않는 바람처럼

그 어떤 것에도 붙잡히지 말고 이 세상 건너가렵니다.

달무리처럼 환한 미소 지으며.

그리운 날에 숲길을 걷다

죽마고우 중에 출가한 친구가 있다.

벗은 고등학교에 진학하던 해에 어머니와 사별했다. 한동안 방황하더니 어느 날 갑자기 절로 들어갔다. 그 뒤로 소식이 끊겼는데 10년 만에 전화가 걸려왔다.

우리는 조계사 인근 커피숍에서 만났다. 그의 모습은 낯설었다. 잿빛 승복, 파르스름한 머리, 야윈 얼굴, 햇볕을 반사하는 시냇물처럼 반짝거리던 눈동자…. 그는 내가 알던 벗이 아니라 다른 세계에서 건너온 사람 같았다.

낯선 감정은 추억을 공유하면서 점점 지워졌다. 그날, 차를 마시며 무슨 이야기를 나눴는지는 기억나지 않는다. 내가 기억하는 건 벗의 얼굴에 떠오르던 초승달 같은 미소였다. 궁금한 것을 물어보면 벗은 대답 대신에 말없이 미소를 짓곤 했다.

우린 인사동에서 점심을 먹은 뒤, 탑골 공원 앞에서 기약도 없이 헤어졌다. 나는 친구의 뒷모습이 인파에 묻혀 사라질 때까지 지켜보았다. 고개 한 번 돌리지 않고 징검다리를 건너듯 성큼성큼 멀어져가는 친구가 한편으로는 서운했지만 한편으로는 듬직하기도 했다.

인간의 삶도 혜성과 다르지 않다. 삶의 반경이 다르다 보니 헤어진 사람을 다시 만나기란 쉽지 않다.

벗을 다시 만난 건 그로부터 7~8년쯤 지나서였다. 그는 낡은 승복을 입고 있었고, 수염도 텁수룩했다. 얼굴에는 피로가 역력했다. 오랜 참선을 마치고 만행(萬行) 중인 듯싶었다. 우린 식당에 가서 밥을 먹었다. 순두부에 공깃밥 두 그릇을 말끔히 비운 그는 식사가 끝나자, 징검다리를 건너듯 훌쩍 떠나갔다.

그로부터 4~5년쯤 지나서 친구에게 편지가 왔다. 강원도에 위치한 사찰에 딸린 작은 암자에서 지내고 있다는 소식이었다. 시간 날 때 바람이나 쐬러 오라고 했지만 친구가 머물던 암자는 외진 곳이라서 감히 엄두가 나지 않았다.

그 뒤로 가끔씩 편지가 도착했다. 나는 편지를 쓸 때 마음 내키는 대로 쓰는 데 반해, 벗은 나름 일정한 형식이 있었다.

먼저 그간의 안부를 물은 뒤, 자신의 소식을 전했다.

그동안 읽은 책 목록, 지금 읽고 있는 책 목록, 다시 꺼내 읽고 있는 책 목록, 책을 읽은 간단한 소감을 밝혔다. 숲에 사는 새들이나 동물, 야생화, 각종 약초에 대한 일화가 이어지고 나면 마시고 있는 차에 대한 소개, 각종 절 행사와 산속 생활의 즐거움 내지는 적적함 등이 계절별로 이어졌다.

친구의 두툼한 서신을 읽고 읽으면 블랙홀 속으로 빨려 들어가듯 점점 친구가 그리워진다. 징검다리를 건너듯 뚜벅뚜벅 멀어져가던 친구의 뒷모습이 생각난다.

편지를 읽고 나면 숲을 산책한다. 절에서는 산책을 '포행(布行)', 혹은 '행선(行禪)'이라고 부른다. 식사 후 산책은 쉬는 시간이면서도 마음공부의 연속이다. 오감을 활짝 연 상태에서 대지와 온갖 생명체와 자연스럽게 교류하는 일종의 명상이라 할 수 있다.

깨달음을 얻기 위해 좌선하는 스님들에게 포행은 운동시간이기도 하다. 며칠씩 앉아만 있다 보면 소화도 되지 않고, 머리도 점점 무거워진다. 그럴 때 포행은 육체에 활력을 불어넣음과 동시에 무거워진 머리도 환기시키는 훌륭한 수단이 된다.

벗은 포행의 즐거움을 시냇물에 비유하곤 했다. 흐르지 않는 물은 썩듯이 몸도 마음도 움직이지 않으면 썩는다. 시냇물처럼 자연스럽게 흘러가다 보면, 본디 '자유인'이었음을 문득 깨우친다고 했다.

숲길을 걸을 때면 나 또한 벗과 비슷한 감정을 느낀다. 나 역시 '자유인'임을 실감하지만 속뜻은 좀 다르다. 벗이 말하는 자유인이 '깨달음을 얻은 자'라면 내가 말하는 자연인은 '속박되지 않은 자'다.

집에만 있다 보면 한 가지 생각에 필요 이상으로 사로잡히게 된다. 처음에는 그리 심각한 문제가 아니라 하더라도, 생각에 생각을 거듭하다 보면 점점 복잡해진다. 그럴 때 산책은 생각을 단순화시킨다.

'간단하게 생각하자. 사는 게 다 그런 거야.'

미시적인 안목에서 벗어나 거시적으로 바라보기 때문일까. 집에서 생각할 때보다 훨씬 대범해진다. 어쩌면 자연 속이라 어려운 역경을 이겨내고 진화를 거듭해온 유전자의 본성이 내 안에서 깨어나기 때문인지도 모르겠다.

생각이 단순해지면 그제야 숲의 풍경이 눈에 들어온다.

발바닥을 통해 느껴지는 대지의 포근함, 마법처럼 추억을 불러일으키는 바람, 매 순간을 솔직하게 표현하는 새소리, 이런저런 일들을 뒤로한 채 어디론가 또 흘러가는 시냇물, 항상 친절하게 말을 걸어오는 나무들, 그 사이로 드리워진 푸른 하늘….

숲은 나에게 '그 무엇에도 얽매이지 말고 자유롭게 살라'고 속삭인다. 하지만 자유인으로 살아가기란 생각보다 만만치 않다. 산책을 마치고 집에 들어서면 당장 해야 할 일이 산적해 있기 때문이다.

살다 보면 고독이 병처럼 깊어질 때도 있다. 아무렇지도 않은 척 살아가지만 사람은 물론이고, 주위를 둘러싸고 있는 사물과도 점점 멀어지는 것 같은 쓸쓸한 기분에 사로잡힐 때가 있다. 그런 날은 즐겨 듣던 음악을 친구 삼아 술잔을 기울인다.

어지간한 근심 걱정은 자고 나면 사라지게 마련인데 고독은 그렇지 않다. 새벽에 눈뜨면 가슴이 아리다. 공동묘지처럼 세상이 적막해서 풀벌레 울음소리, 들판을 지나가는 바람소리에도 혹시나 누가 왔을까 싶어서 귀를 쫑긋 세우곤 한다.

그런 날에는 아침 일찍 숲을 찾는다. 마음을 최대한 비우고 한 걸음, 한 걸음 걷다 보면 인간의 숙명과도 같은 고독을 이해하게 된다.

그제야 비로소 더 이상 밀어내지 않고, 내 안의 식구로 받아들인다.

　돌아오는 길에는 나란히 걷고 있는 벗의 숨결을 느낄 수 있다. 비록 하는 일도 다르고, 삶의 반경은 달라도 우린 한세상을 함께 건너가는 중이다.

세상에는 숲처럼 무성한 사람도 있지만

사막처럼 황량한 사람도 있습니다.

아무리 재산이 많을지라도

사막 같은 사람은 멀리하세요.

함께 있는 시간이 고통이니까요.

공자는 "가장 큰 결점은 자신의 결점을 알면서도

고치려 하지 않는 것"이라고 했습니다.

만날 때마다 정신이 피폐해진다면

설령 가족이라도 떨어져 사세요.

그는 당신을 지치고 힘들게 하는 사막 같은 사람입니다.

세상에는 숲을 가꾸듯이

인생을 가꿔나가는 사람들이 있습니다.

비록 재산은 많지 않아도

말솜씨가 뛰어나지 않아도

함께 있으면 즐겁고 행복해집니다.

잠시라도 떨어져 있으면 그리움이 샘처럼 솟아납니다.
그리운 사람은 세월이 흐를수록 숲처럼 무성해집니다.
지치고 힘든 날에 그를 만나면
마음의 안식을 얻을 수 있습니다.
다시 성큼성큼 세상의 징검다리를 건너갈 용기가 납니다.

딱따구리에게 묻다

"요즘은 어떻게 지내? 점심이나 같이 먹을까?"

나에게 가끔 연락하는 분 중에 자수성가해서 큰 부자가 된 분이 있다. 생김새가 딱따구리를 닮은 데다 말이 워낙 빨라서, 나는 '딱따구리 할아버지'라고 부른다. 물론 그분은 그 사실을 모른다.

딱따구리 할아버지는 15년 전에 일 때문에 처음 만났다. 투자 관련 일을 할 때 몇 차례 만나 이야기를 나눈 게 전부였다. 얼마 뒤 나는 그 일을 그만두었는데도 꾸준히 연락을 해왔다. 적지 않은 가족이 있음에도 불구하고 나를 찾는 까닭은 아마도 속마음을 털어놓을 사람이 없기 때문이리라.

여든을 눈앞에 두고 있지만 정정하다. 눈빛도 맑고, 청각도 좋고, 목소리에도 힘이 실려 있다. 만나면 묻지 않아도 가족들 근황부터 술술 늘어놓는다.

아내는 몇 해 전에 세상을 떠났다. 힘들게 고생해서 키운 장남은 뉴질랜드로 이민 갔고, 딸은 미국으로 유학 갔다가 재미교포 남편을 만나 정착했다. 둘째 아들은 사업하고, 막내인 셋째는 강남에서 레스토랑을 한다. 가까이 사는 그 두 아들이 골칫거리다.

"자식이나 며느리들이 우리 집에 출몰하는 빈도수를 보면 사업 현황을 알 수 있지. 사업이 잘될 때는 아내 제사, 내 생일, 명절에만 출몰해. 아니, 그마저도 해외로 놀러 가서 나타나지 않을 때도 많아. 그런데 사업이 어려우면 풀 방구리에 쥐 드나들듯 뻔질나게 드나들지. 자식이나 며느리를 보면 반가워해야 정상인데 속내를 다 아니까 조금도 반갑지 않아."

딱따구리 할아버지는 전형적인 수전노다. 옷차림도 수수하고 먹는 음식도 소박하다. 자식들이 선물한 값비싼 옷들은 장롱에 고이 모셔두고, 허름한 옷들만 입고 다닌다. 한 끼에 만 원이 넘는 음식은 자신의 돈으로는 사 먹지 않는다. 한번은 스시를 먹으러 갔는데 메뉴판을 보고 다시 나가려 해서, 내가 사겠노라며 붙든 적도 있다.

고향 친구들은 무리 지어 여행도 가고, 가끔 모여서 회식도 하는 눈치였다. 그러나 딱따구리 할아버지는 일절 참석하지 않는다고 했다. 자신의 돈으로는 책 한 권 사지 않고, 영화 한 편 보지 않는다. 가끔씩 책이나 영화 관람권을 선물하면 어린아이처럼 몹시 좋아한다.

건물 임대료 수익만 해도 상당할 텐데 모을 줄만 알았지 쓸 줄도, 베풀 줄도 모른다. 생각은 늘 돈에 닿아 있어서, 공실이라도 생기면 걱정이 이만저만이 아니다.

"할아버지 그 많은 재산, 저승 갈 때 이고 지고 갈 것도 아니잖아요? 아까워서 어떻게 눈감으시려고 그러세요! 아끼지 말고 좋은 옷도 사 입으시고, 맛있는 것도 사 드시고, 여행도 좀 다니세요."

"좋은 옷이나 맛있는 음식은 자식들이 많이 사줬어. 여행은 미국하고 뉴질랜드 갔다 왔으면 됐지, 뭘 더 바라!"

혹시나 싶어서 물어보니 미국이나 뉴질랜드도 자식들이 보내준 항공권으로 갔다 왔다고 했다. 자식들이 건 국제전화일지라도 돈이 아까워서, 꼭 해야 할 말만 하고서 재빨리 끊는 사람이니 오죽하겠는가.

"그럼 자선사업이나 봉사 활동이라도 좀 하세요."

답답한 마음에 한마디 하면 딱따구리 할아버지는 머리를 절레절레 흔들었다.

"나도 마음은 그러고 싶은데 잘 안 돼! 평생 모으는 재미로 살아왔는데 어떻게 하루아침에 변해? 사람이 죽을 때가 되면 안 하던 짓을 한다잖아? 근데 난 아직 죽으려면 멀었나 봐."

한평생을 어떻게 살아왔는지 잘 알기에 나는 그 심정을 이해한다. 그러나 점심을 먹고 나서 쓸쓸히 돌아서는 뒷모습을 보면 왠지 안쓰럽다.

그로부터 10개월쯤 지났을까.

예전에 상사로 모셨던 분을 만나 저녁을 먹다가 딱따구리 할아버지 소식을 들었다. 가슴이 답답해서 병원에 갔다가 암 진단을 받았고, 그로부터 두 달 만에 운명했다는 것이었다.

나는 내심 충격을 받았다. 10개월 전만 해도 90세까지는 거뜬히 살 것 같았는데 갑작스러운 죽음이라니.

문득, '딱따구리 할아버지가 남긴 엄청난 재산은 어떻게 됐을까?' 하는 궁금증이 떠올랐지만 호기심을 자제했다. 장례식도 참석하지 못했는데 고인의 생애를 그런 식으로 폄훼하고 싶지는 않았다.

나는 여름에 마을 뒷산에 올랐다가 숲에 울려 퍼지는 딱따구리 소리를 들었다. 정확히 표현하면 딱따구리가 날카로운 부리로 나무를 쪼아대는 소리였다. 딱따구리는 초당 10~20번, 초속 6~7미터의 빠른 속도로 머리를 움직이며 나무를 쪼아댄다고 한다. 그럼에도 불구하고, 두통을 느끼지 않는다니 신기한 일이다.

다른 사람이 볼 때는 무모해 보여도 딱따구리는 나름대로 살아가는 삶의 방식이 있는 것이리라. 마치 할아버지가 살아왔던 삶처럼.

나는 손나팔을 만든 뒤, 딱따구리 소리가 들려오는 곳을 향해 소리쳤다.

"딱따구리 할아버지, 거기는 어때요? 사모님은 만나셨어요? 하늘나라에서는 친구도 많이 사귀고, 마음 편하게 사세요!"

줄지어 이동하는 개미 떼를 내려다보고 있으면
그놈이 그놈 같습니다.
중국 시안의 진시황릉 용마병갱에서 출토된
인형의 생김새가 모두 다르다며 신기해하지만

신이 하늘에서 내려다보면

우리가 개미 떼를 내려다보듯이

그놈이 그놈 같지 않을까요?

세상에는 다양한 사람들이 다양한 방식으로 살아갑니다.

물론 그럴 리는 없겠지만

어떤 이는 책상 앞에서 평생 공부만 하며 살아가고

어떤 이는 무대에서 평생 노래만 하며 살아갑니다.

물론 그래서는 안 되겠지만

어떤 이들은 한평생 소비만 하며 살아가고

어떤 이들은 한평생 생산만 하며 살아갑니다.

하는 일도 다르고, 가치관도 다르고

살아가는 방식도 다를지라도

마음은 편하게 사셨으면 합니다.

지구의 역사에 비하면

인간이 지구에 머무는 시간은 눈 깜짝할 사이입니다.

그 시간만이라도 애태우지 말고

마음 편하게 지내다 가시기를.

참회하나니 용서하소서

대기업 비서실에 근무하는 P는 봄이 되면 조울증을 앓았다. 감정의 기복이 심해져서 까르르 웃다가도 이내 슬피 흐느끼곤 했다. 시간이 지날수록 증상이 악화돼 사회생활을 할 수 없을 지경에 이르렀다.

보다 못한 가족들이 정신과 의사에게 데려갔다. 치료를 받는 도중, 그녀는 자신의 마음 깊숙한 곳에 어머니에 대한 원망이 구덩이처럼 깊이 패어 있음을 발견했다.

그녀는 외딴 시골마을에 살았다. 학교에 가려면 작은 산을 하나 넘어야 했다. 열 살 무렵이었다. 화창한 봄날, 학교에서 돌아오다가 독사에게 발목을 물렸다. 공포에 질린 그녀는 절뚝이며 집으로 갔다. 당연히 집에 있을 줄 알았던 어머니가 보이지 않았다. 죽는다는 생각에 사로잡힌 그녀는 마당에 퍼질러 앉아 어머니를 목 놓아 불렀다.

다리는 순식간에 퉁퉁 부어올랐다. 때마침 집 앞을 지나가던 동네

아주머니가 입으로 빨아서 피를 뽑아내고, 읍내 병원으로 데려갔다.

어머니가 돌아온 것은 그날 밤이었다. 휘청거리는 어머니의 입에서는 술 냄새가 진동했다. 마실 나갔다가 동네 남정네들과 어울려서 술을 마셨던 것이었다.

그녀는 어머니를 용서할 수 없었다. 아버지는 낡은 트럭을 몰고 전국 각지를 떠돌며 처자식을 먹여 살리기 위해 장사를 했다. 숙박비를 아끼기 위해서 트럭에서 쪽잠을 자면서. 그런데 어머니는 자식도 돌보지 않고 외간 남자들하고 술이나 퍼마시다니! 자식이 독사에게 물려서 죽어가고 있는 그 시각에.

그날 이후로 그녀는 어머니를 외면했다. 아버지가 돌아오면 고자질을 하려고 별렀으나 정작 아버지가 돌아왔을 때는 침묵할 수밖에 없었다. 아버지가 화가 나서 집을 나가버릴지도 모른다는 두려움 때문이었다.

그녀는 그 일을 가슴속에 묻어두기로 작정했고, 세월이 흐르면서 점차 기억에서조차도 희미해졌다. 그러나 어머니에 대한 원망만은 구덩이의 물처럼 마음속에 고여 있었다.

고인 물은 썩게 마련이었다. 그녀는 그때 일을 잊고 있었지만 꽃뱀처럼 화사한 봄날이 오면 까닭 모를 슬픔을 느끼곤 했다.

정신과 의사는 그녀의 어머니를 불러 그 사실을 알렸다. 집으로 돌아온 어머니는 그녀에게 진심으로 용서를 빌었다. 당신 또한 그때 일을 한시도 잊은 적이 없다면서, 미안하다며 머리를 조아렸다. 그녀는 어머니를 용서했고, 모녀는 밤새 부둥켜안고 울었다.

그 뒤로 조울증은 신기루처럼 사라졌다.

❖

네덜란드 출생의 렘브란트는 '빛의 화가'로 불린다.

그는 성서의 내용을 즐겨 그렸다. 운명하던 해인 1669년, 64세의 나이에 그린 〈돌아온 탕자〉라는 작품에는 누가복음 15장의 내용이 담겨 있다.

아버지에게는 두 아들이 있었다. 어느 날 작은아들이 자신의 유산을 달라고 요구했고, 아버지는 재산을 갈라 두 아들에게 나눠 주었다. 작은아들은 그 돈을 갖고 객지로 나갔으나 모두 탕진하고 말았다. 흉년이 들자 그는 돼지 치는 일을 하지만 굶주림을 견딜 수 없었다. 그는 결국 고향으로 발길을 돌렸다. 아버지를 뵐 생각에 차마 발걸음이 떨어지지 않는데, 아버지가 한걸음에 달려와서 작은아들을 끌어안고 입을 맞춘다. 아들은 후회의 눈물을 흘리고, 아버지는 가장 좋은 옷을 입히고 잃었던 아들이 돌아왔다며 잔치를 벌인다.

렘브란트의 그림 속에는 돌아온 탕자가 무릎 꿇은 채 참회하고, 인자한 표정의 아버지가 두 팔로 아들의 등을 끌어안고 있는 모습이 담겨 있다. 그 주변에는 큰아들과 시종들이 못마땅한 표정으로 탕자를 내려다보고 있다.

인생은 수많은 순간들로 이어져 있다. 렘브란트는 수많은 순간들

중에서 왜 참회와 용서의 순간을 그린 걸까? 그것도 인생의 마지막 순간에.

렘브란트는 인생에서 가장 의미 있는 순간을 화폭에 담고 싶었던 것은 아니었을까. 그 역시 불완전한 인간이었으니 크고 작은 잘못을 저지르며 살아왔으리라. 때로는 참회하고, 때로는 용서하면서.

인간은 참회할 수 있기에 아름답고, 용서할 수 있기에 위대하다. 렘브란트는 자신의 깨달음을 한 폭의 그림으로 남기고 싶었던 것이리라. 돌아온 탕아가 되어서 진심으로 참회하며, 하나님 아버지에게 용서를 비는 간절한 마음으로.

세상에는 자신에게 엄격하고 타인에게 관대한 사람이 있는가 하면, 자신에게는 관대하고 타인에게만 엄격한 사람도 있다. 사회적으로 성공한 사람은 전자가 많고, 보통 사람은 후자가 많다.

인간은 신처럼 완벽한 존재가 아닌, 모순투성이의 불완전한 존재다. 그러다 보니 이중 잣대를 들이대면서도 그것을 당연하게 여긴다.

수많은 작품을 통해 인간의 모순을 예리하게 파헤쳐온 셰익스피어는 이렇게 말했다.

"타인의 잘못에 대해서 관대해져라. 오늘 저지른 타인의 잘못은 어제 내가 행했던 잘못이었음을 생각하라. 잘못이 없는 사람은 아무도 없다. 인간은 불완전한 존재이므로 진정으로 대해주어라. 우리는 정의를 추구해야 하지만 정의만으로 재판한다면 우리들 중에 단 한 사람도 구함받지 못하리라."

저마다 평화로운 세상을 꿈꾸지만

정작 세상은 온갖 죄로 가득합니다.

살아가다 보면 내 죄는 까맣게 잊고서

죄 지은 자에게 돌멩이를 던지기도 하고

별 생각 없이 한 행동으로 인해

누군가는 돌이킬 수 없는 상처를 입기도 합니다.

나의 기분을 풀기 위해서 타인의 가슴에 비수를 꽂지 마세요.

심심풀이라도 악성 댓글을 달지 마세요.

자신을 돋보이게 하고자 타인을 공격하지 마세요.

너는 나이고, 나는 너입니다.

참회와 용서 또한 둘이 아닌 하나입니다.

진심으로 참회할 때 우리는 우리의 죄를 용서받게 되고

마음을 열고 용서할 때 우리의 죄가 사함을 받습니다.

참회하나니, 용서하소서!

인생이 뜻대로
흘러가지 않는다 해도

L은 교육 관련 사업가다. 지금은 잘나가는 사업가지만 지난 삶은 결코 평탄하지 않았다.

그는 딸 많은 집안에 늦둥이 외아들로 태어나 부모의 사랑을 한 몸에 받고 자랐다. 아버지는 한의사였는데 지방 유지였다. 아버지가 일찍 세상을 떠나서 그는 20대 후반에 많은 유산을 물려받았다. 일하지 않고 재산을 잘 관리하며 살아도 평생 돈 걱정 없이 살 수 있을 정도였다.

그러나 그는 10년도 지나지 않아서 모두 털어먹었다. 흥청망청 술을 마시거나 도박을 하거나 바람을 피웠던 것은 아니었다. 의욕적으로 사업을 추진했으나 번번이 실패했을 뿐이었다.

빈털터리가 되자 누나들이 조금씩 돈을 보태주었고, 그 덕분에 그럭저럭 입에 풀칠하며 살 수 있었다.

'내가 왜 이렇게 됐을까?'

널린 게 시간이다 보니 곰곰이 실패 원인을 분석해보았다. 이유야 셀 수 없이 많았지만 가장 큰 이유는 호황은 짧고 불황은 길다는 점이었다. 사업이 잘돼서 사업을 확장하면 공교롭게도 그때가 절정이었다.

블루 오션에 뛰어들어서 시장을 주도해나간 것이 아니라, 레드 오션에 뒤늦게 뛰어들어서 막차를 타는 바람에 더더욱 그랬다. 무임승차해서 편안하게 돈을 벌어보려다가 오히려 돈만 까먹은 셈이었다.

'눈앞의 이익에 연연하기보다는 좀 더 멀리 내다봐야 했어!'

이대로 주저앉아 있을 수는 없었다. 할 일도 없고 해서 꼼꼼하게 '재기 계획서'를 작성해보았다. 막상 계획서를 만들어보니 돈만 있으면 충분히 재기할 수 있을 것 같았다.

문제는 자본금이었다. 사업 계획서를 들고서 여기저기 찾아가 손을 벌려보았지만 아무도 돈을 빌려주지 않았다. 친구들은 물론이고 누나들조차도 등을 돌렸다.

실망해 있는데 보기 딱했는지 의류 사업을 하는 둘째 매형이 택배 관리를 맡겼다. 택배에 관한 전반적인 업무를 처리하는 자리였다.

다섯 식구가 그럭저럭 먹고살 수 있을 정도의 월급이었다. 그러나 사업 자금을 모으기에는 턱없이 부족했다. 그는 저녁에 할 수 있는 일을 찾다가 직장인을 대상으로 하는 시간제 영어 강사 자리를 얻었다. 회사 일이 끝나면 학원으로 달려가서 밤늦게까지 강의를 했다. 정리하고 집에 돌아오면 자정이 넘어 있었다.

주중에는 잠잘 시간도 부족했지만 주말에는 시간이 남았다. 돈이 조금씩 모이다 보니 주말을 활용해야겠다는 생각이 들었다. 주말에 할 수 있는 일을 찾아다녔다. 정 없으면 택배 상하차라도 해야겠다고 마음먹고 있는데, 먼 친척분이 주말에만 패스트푸드점 관리를 해달라고 제의했다. 종업원 일도 병행해야 하는 관리직이었지만 마다할 이유가 없었다.

그는 재기 계획서를 다시 짰다. 몸이 힘들 때면 계획서를 들여다보곤 했다. 그러나 인생은 계획서대로 흘러가지 않았다. 2년만 악착같이 돈을 모아서 다시 사업을 해보려고 했지만 그 액수로는 어림도 없었다. 계획서를 고치고, 다시 고치다 보니 5년이 훌쩍 지나갔다.

처음 계획은 일식집이었다. 그런데 초등학생이던 아이가 중학교에 들어갈 나이가 되자 생각이 바뀌었다. 학원 강사로도 일한 데다 아이들 교육에도 관심을 갖다 보니, 교육 분야에 대해서는 나름 시장을 보는 안목이 생겼다.

'모르는 분야에 뛰어들어서 헤매지 말고 내가 잘 아는 분야에 도전해보자!'

그동안 모은 돈으로 학원을 차렸다. 학원은 이내 자리를 잡았다. 수익이 나기 시작하자, 그동안의 경험을 바탕으로 온라인 교육용 콘텐츠를 만들었다.

온라인 교육이 대세이기는 했지만 수익이 나기까지는 상당한 기간이 필요했다. 그는 학원에서 벌어들인 수익금으로 온라인 교육용 콘텐츠를 개선하고 운영하는 데 쏟아부었다. 원래 계획보다 자리를 잡는 데 두 배가 넘는 세월이 걸렸지만 그는 결국 재기에 성공했다.

그는 재기의 비결로 '인생 계획서'를 꼽았다.

"비록 빈털터리였지만 재기 계획서를 작성하고 나자 희망이 보이더라고요. 사업 자금만 있으면 보란 듯이 성공할 수 있다는 확신이 들었어요. 그래서 잠도 제대로 못 자면서도 5년을 버틸 수 있었죠. 인생이 계획서대로 흘러가지 않을 때는 그 즉시 계획서를 고쳐가면서."

그는 지금도 계획서를 중시 여긴다. 가끔씩 자신의 사업에 확신이 서지 않을 때는 사업 계획서를 꼼꼼히 검토한다. 사업이 계획서대로 흘러가는 건 아니지만 계획서마저 없다면 엉망이 되는 건 시간문제라는 게 그의 지론이다.

"계획하는 사람이 아름다운 결실을 맺는다."

회의를 할 때면 그가 자주 사용하는 말이다.

그는 직장뿐만 아니라 가정에서도 계획서를 활용한다. 그에게는 고등학교에 다니는 두 딸과 군대에 간 아들이 있다. 시간이 없어 아이들과 함께하는 시간은 짧지만 그가 꼭 챙기는 게 있다. 다름 아닌 계획서다.

아이들이 중고등학교나 대학교에 진학하게 되면 3년이나 4년 동안의 계획서를 제출하게 했다. 그 속에는 읽고 싶은 책, 배우고 싶은 운동이나 악기, 여행 계획, 외국어 학습 계획 등등이 들어 있다.

학창 시절 전반에 대한 계획서를 검토한 다음에 1년 계획서를 제출하게 한다. 그런 다음 다시 한 달 계획서를 제출하도록 한 뒤, 본격적인 용돈 협상에 들어간다.

그는 절대 아이들의 요구대로 용돈을 주지 않는다. 세상에 공짜는 없으며, 돈을 손에 쥐기 위해서는 그에 상응하는 뭔가를 해야 한다는 사실을 스스로 깨닫게 하기 위함이다.

그의 아들은 대학에 다니다가 휴학하고 배낭여행 계획서를 올렸다. 그러나 그는 교육비는 대주지만 성인이 된 아들의 여행 경비까지 대줄 수는 없다고 선포했다. 그는 실망한 아들을 달래 물류창고에서 아르바이트를 하게 했다.

아들은 물류창고에서 반년 넘게 일해서 번 돈으로 유럽 여행을 갔다 왔다. 그 뒤 곧바로 입대해 지금은 전방에서 복무 중이다.

"인생은 직선이 아니에요. 눈에 보이는 게 전부가 아니라는 거죠. 하지만 그렇다고 해서 겁먹으면 안 돼요. 일단 계획을 세운 뒤 눈에 보이는 곳까지 가보는 거예요. 거기까지 가는 길에 시행착오도 겪고, 몰랐던 사실도 알게 되죠. 그러고 나면 다음에 가는 길은 좀 더 순조롭게 갈 수 있어요. 제가 젊었을 때는 이런 사실을 까맣게 몰랐어요. 사업에 성공해서 더 큰 부자가 되겠다는 욕심만 있었지, 구체적인 계획서는 없었죠. 그러니 번번이 사업에 실패할 수밖에요!"

그는 이야기가 끝나갈 무렵에 인상적인 말을 남겼다.

"자기 뜻대로 인생을 살아가는 사람이 세상에 얼마나 되겠어요? 제가 생각하는 훌륭한 사람은 인생을 뜻대로 산 사람이 아니라, 인생이 뜻대로 흘러가지 않을지라도 최선을 다해서 산 사람이에요!"

대지에 씨를 뿌리는 상상만으로도

열매를 수확할 수 있는 꿈을 꿀 수 있습니다.

달콤한 꿈이 몸을 움직입니다.

황무지를 개간해서 씨앗을 뿌리고,

한여름에 땡볕에서 물을 뿌리고 잡초를 제거하게 만듭니다.

달콤한 꿈을 꾸세요.

허공에서 날아온 씨가

내 정원에 떨어져서 발아하기를 기다리지 말고

감나무 아래에서 입을 떠억 벌리고 있지 말고

달콤하고 향긋한 꿈을 꾼 뒤,

손수 흙을 파고 씨를 묻으세요.

꿈꾸는 순간, 꿈은 몽롱한 세계에서 벗어나 현실화됩니다.

물론 시련도 따르기 마련입니다.

뜻하지 않았던 재해로 과실이 모두 떨어지고

강물이 범람해 논밭을 쓸어갈지라도 포기하지 마세요.

달콤한 꿈을 포기하지 않으면 언젠가는 이루어집니다.

고단했던 날들이 아름다운 추억이 됩니다.

가난한 마음

　K는 건설 회사를 하는 지인의 권유로 조경 사업을 시작했다. 지인이 일감을 몰아줘서 사업은 빠르게 몸집을 불렸다. 그러다 건설 경기가 침체기에 접어들자 자금이 바닥나는가 싶더니 빚이 점점 늘어나기 시작했다. 버티고 버티던 그는 결국 돌아오는 어음을 막지 못해 부도를 내고 말았다.

　세상이 순식간에 지옥으로 변했다. 빚쟁이들이 몰려와 집 안을 점령했고, 단란했던 가정은 풍비박산이 났고, 친지와 친구들은 등을 돌렸고, 가족처럼 여겼던 직원들은 밀린 월급과 퇴직금을 달라며 삿대질을 해댔다.

　악몽 같았던 시간이 흐르고 나자 남은 것은 화병뿐이었다. 가슴이 답답했고, 수시로 얼굴이 벌겋게 달아올랐다. 몸 안에서 솟구치는 화병을 가라앉히는 데만 6개월이 넘게 걸렸다.

2년 가깝게 방황하다가 어렵사리 직장을 구했다. 공장에서 강판을 만지는 일인 데다 체력은 약해질 대로 약해져 있어서 밤마다 몸살을 앓아야만 했다. 하루만 더 버티자는 각오로 일하다 보니 일주일이 흘러갔고, 한 달이 흘러갔다. 그렇게 6개월이 지나자 비로소 일이 몸에 배었다.

그러던 어느 날, 오랫동안 연락이 끊겼던 친구 U가 찾아왔다. 반가움은 잠시뿐이었다. 얼굴을 마주하자 돈을 빌려달라고 간청했다가 거절당했던 때의 아픈 기억이 떠올랐다. 그는 묵묵히 차를 마시다가 바쁜 일이 있다며 먼저 일어났다.

열흘쯤 지나서 U가 점심 무렵에 찾아왔다. 식당에서 밥을 먹으면서 U가 계속 말을 걸었다. 자신의 근황에서부터 잊고 지냈던 친구들의 소식까지 줄줄이 늘어놓았다.

그는 별다른 대꾸도 없이 묵묵히 밥만 먹었다. 마음속 미움이 어느 정도는 가셨다고 판단한 걸까. 그 뒤로는 자주 전화를 걸어서 안부를 물었고, 간간이 먹을 것을 사 들고 불쑥 얼굴을 들이밀었다.

시간이 흐르면서 소원했던 관계가 서서히 회복되었다. 그러나 마음 한편에 쌓인 섭섭함만은 쉽게 가시지 않았다.

그러던 어느 날, U가 일요일에 함께 봉사 활동을 가자고 제의했다. 함께 다니던 사람이 졸지에 상을 당하는 바람에 손이 빈다며 한 번만 도와달라고 졸랐다.

"봉사 활동? 넌 그래도 먹고살 만하구나. 난 이 한 몸 건사하기도 빠듯해!"

그는 콧방귀를 뀌었다. 마음의 여유가 없기 때문일까. 봉사 활동은 단 한 번도 생각해본 적이 없었다.

그러나 친구는 쉽게 물러서지 않았다. 들은 체도 하지 않자 솔깃한 제안을 했다.

"우리 집에 안 타는 자전거가 있는데 봉사 활동을 도와주면 자전거 너 줄게."

그는 출퇴근할 때마다 매번 갈등했다. 걷기에는 다소 멀었지만 대중교통을 이용하기에는 교통비가 아까운 거리였다. 그는 못 이기는 척 제안을 받아들였다.

일요일 아침 일찍 U가 찾아왔다. 그의 차를 타고 두 시간을 넘게 달린 끝에 닿은 곳은 지방 소도시의 보육원이었다. 그는 친구와 함께 정신지체 장애아들을 목욕시킨 뒤 놀아주었다.

그런데 열 살쯤 되었을까?

한 소녀가 한쪽 발을 심하게 절뚝이며 그의 뒤를 졸졸 따라다녔다. 눈길이 마주치자 소녀가 불쑥 손을 내밀었다. 금방이라도 넘어질 것만 같았다. 그는 스스럼없이 손을 잡아주었다.

그러자 소녀는 좀처럼 손을 놓으려 하지 않았다. 일을 할 때면 그의 곁을 맴돌았고, 일이 끝나면 손을 내밀어 그의 손을 잡았다.

그 모습을 발견한 U가 한쪽으로 데려가더니 속삭였다.

"은하가 절뚝이며 걸을 때는 절대로 손을 잡아주지 마."

"아니, 왜?"

"은하는 두 다리가 멀쩡해."

"뭐? 다리를 저렇게 심하게 저는데 멀쩡하다고?"

"그래! 관심받고 싶어서 일부러 저러는 거야."

U의 말은 충격이었다.

그는 그 뒤부터는 은하가 손을 내밀어도 잡아주지 않았다. 그러자 은하는 마치 시위라도 하듯 그의 앞을 정신없이 오가며 심하게 다리를 절뚝거렸다.

신경이 쓰였지만 그는 애써 관심이 없는 척했다. 그러자 놀랍게도 어느 순간부터 은하가 똑바로 걷기 시작했다. 그는 그제야 미소를 지으며 은하에게 손을 내밀었다.

하루는 길고 힘들었다. 아이들은 고삐 풀린 망아지 같아서 좀처럼 통제가 되지 않았다. 한 아이가 울어서 가까스로 달래놓으면 다른 아이가 울거나 몇 명이 동시에 울기도 했다.

일이 끝나자 감당하기 힘든 피로가 몰려왔다. 자전거가 생겨서 좋긴 했지만 일주일 동안 고된 노동으로 시달릴 생각을 하니 절로 하품이 쏟아졌다.

"봉사 활동, 다시는 안 한다! 좋은 일이라는 건 인정하지만 내 처지에는 과분해."

그가 확실하게 선을 그은 때문일까. 그날 이후로 U도 더 이상 봉사 활동 가자는 말을 꺼내지 않았다.

그는 주말이면 텔레비전을 종일 켜놓고 원룸에서 빈둥거렸다. 그런데 시간이 지날수록 은하를 비롯한 보육원 아이들의 모습이 새록새록 떠올랐다. 그들의 모습 뒤로 문득문득 자신이 살아왔던 날들이 스쳐 지나갔다.

곰곰이 되짚어보니 지난 삶은 독선적이었다. 모든 일을 자신의 입장에서만 생각했을 뿐 타인의 입장에서 생각해본 적이 없었다. 만약 친구의 입장에서 생각했더라면 친구를 잃지 않았고, 아내의 입장에서 생각했더라면 가정을 잃지는 않았으리라.

나이만 먹었지 철부지 아이였다는 생각이 들었다. 은하처럼 관심을 끌기 위해 아픈 척하며 손을 내밀 줄만 알았지, 타인의 손을 따뜻하게 잡아준 적은 없었다. 사업이 부도 위기에 있는데도 기대려고만 했고, 그 손길을 뿌리치자 오히려 원망과 저주를 퍼부었다.

'건설 경기가 최악으로 치닫는 상황인데 누가 투자하려고 하겠어? 나라도 외면했을 거야. 밑 빠진 독에 물 붓기지!'

그는 오랫동안 붙들고 있던 미움과 원망의 끈을 놓았다. 그러자 가슴속에 꽉 막혀 있던 것들이 비로소 뚫리는 기분이 들었다.

"마음이 부자여야 부자가 되는데, 마음이 거지였으니 거지꼴을 면치 못하지."

그는 비록 가진 건 없을지라도 마음만은 부자로 살아가자고 다짐했다. 어린아이의 삶과 작별하고, 어른의 삶을 살아가기로. 엄살 부리며 내미는 가녀린 손이 아닌, 힘없고 고단한 손을 잡아주는 듬직한 손이 되겠노라고.

며칠 뒤 그는 봉사단체에 정식으로 가입했다. 주말이 되면 즐거운 마음으로 봉사 활동을 다녔다. 새의 발처럼 작고 여린 손, 나뭇가지처럼 뼈만 앙상한 손, 숟가락조차 제대로 들지 못하는 힘없는 손을

272

기꺼이 잡아주었다.

계절이 몇 차례 바뀌고 나자 그의 마음속에 재기하고 싶다는 욕망이 꿈틀거렸다. 그는 소자본으로 할 수 있는 새로운 사업을 구상하고 있다. 듬직한 손이 되어서 자신을 향해 내미는 수많은 손을 하나하나 잡아주기 위해!

마더 테레사 수녀는 이렇게 말했습니다.
"나를 좋아하는 사람도,
필요로 하는 사람도 없다고 느낄 때의 고독은
가난 중의 가난이다."
왠지 모르게 삶이 쓸쓸한가요?
마음이 가난하기 때문입니다.

세상이 나를 이해해주기를 바라지 말고
먼저 귀를 기울인 뒤 이해해주세요.
세상이 나를 사랑해주기를 바라지 말고
먼저 가슴을 열고 사랑하세요.
세상이 내 손을 잡아주기를 바라지 말고
한발 다가가 손을 잡으세요.

재산이 아무리 많아도

이기적으로 살면 마음이 가난할 수밖에 없습니다.

명예도, 재산도 없을지라도

이웃과 함께 살아야 마음이 풍성해집니다.

내미는 손을 기꺼이 잡아줄 때

비로소 인생이 은은한 빛을 발합니다.

걱정과 현실

증권사 지점장이었던 S는 희망퇴직을 신청했다. 정년까지는 다소 여유가 있었다. 그러나 정년까지 일하는 분위기가 아니었다. 선배는 물론이고 동기들도 대부분 썰물처럼 빠져나간 뒤였다. 목돈을 챙길 수 있는 마지막 기회다 싶어서 신청했지만 불안하기만 했다.

'100세시대라는데 앞으로 어떻게 살지?'

20년 넘게 증권사에 근무했다. 연봉도 적지 않았다. 그러나 모아놓은 재산은 얼마 되지 않았다. 월급의 대부분은 생활비와 자식들 교육비로 사라졌다. 중간 정산한 퇴직금은 하늘 높은 줄 모르고 치솟는 전세금을 올려주다 보니 흔적도 없이 사라져버렸다. 재산이라고는 전세금과 희망퇴직자에게 주는 위로금이 전부였다.

이제 고작 50대 초반이었다. 100세까지는 아니더라도 큰 병만 없다면 80까지는 산다고 봐야 했다. 30년은 버텨야 하는데 현재 재산으로는 어림도 없었다. 그렇다고 자식들에게 손을 벌리고 싶지는 않았다.

앞으로 살아갈 생각을 하니 눈앞이 깜깜했다. 걱정이 걱정을 불러와서 이런저런 상상을 하다 보면 날이 밝아오곤 했다.

'오래 사는 게 축복이 아닌 재앙이 될 수도 있어. 불행한 노년을 보내고 싶지는 않은데….'

퇴사를 코앞에 두고, 희망자에 한해서 계약직으로 전환시켜주겠다는 소식이 들려왔다. 월급은 형편없는 수준이었지만 퇴직하고 집에서 노는 것보다는 낫겠다 싶어서 신청했다.

막상 계약직 사원이 되자 불편한 점이 한두 가지가 아니었다. 전직 지점장이 말단 사원인 계약직이다 보니 직원들이 불편해했다. 또한 직위가 바뀌어서 기존 고객을 관리하는 데도 여러 가지 어려움이 따랐다.

1년은 가까스로 버텼지만 거기까지가 한계였다. 더 이상은 못 하겠다 싶어서 재계약을 포기했다.

그의 꿈은 퇴직하고 해외여행을 다니는 것이었다. 같이 명퇴한 사람들 중에는 장기 해외여행을 떠난 사람도 더러 있었다. 그 역시 마음은 굴뚝같지만 차마 실행에 옮길 수는 없었다. 통장의 돈은 모래시계 속의 모래알처럼 빠져나가는 데다, 투자해놓은 주식에서마저 손실이 나자 국내여행조차도 선뜻 내키지 않았다.

불안한 마음에 열심히 일자리를 찾아보았다. 인맥을 최대한 활용하니 자산운용 대리인, 건물 관리소장 등을 비롯해서 그럴듯한 일자리가 제법 있었다. 그러나 명퇴로 인한 고급인력이 워낙 많기 때문인지, 이야기만 오갈 뿐 실제로 일자리를 주는 사람은 아무도 없었다.

그렇게 2년이 훌쩍 지나갔다. 막연했던 불안감은 눈덩이처럼 불어나 있었다. 그러던 중 지인이 산림청에서 '봄철 산불예방 진화대원'을 모집하니 지원해보라고 했다. 내키지는 않았지만 더 이상 체면이고 뭐고 가릴 처지가 아니었다.

서류는 통과했다. 면접시험을 치르는 과정에서 일자리에 대한 인식이 바뀌었다. 명퇴자도 많고 사업에 실패한 사람도 많기 때문일까. 시험장에서 만나본 사람 중에는 똑똑한 사람도 상당수였고, 고학력자도 상당수였다.

그는 2월 초부터 5월 중순까지 일하는 산불 진화대원으로 최종 합격했다. 도시락을 싸갖고 다니며 하루 여덟 시간씩 수요일부터 일요일까지 일했다.

산을 오르내리는 게 일이다 보니 예상보다 재미있었다. 숲에서 시원한 바람을 쐬며 먹는 점심도 꿀맛이었다. 월급은 직장 다닐 때와 비교할 수 없을 정도로 적었지만 그 부족함을 상쇄하고도 남을 만큼의 또 다른 즐거움이 있었다.

봄이 끝나면서 계약직 업무도 끝이 났다. 그는 새로운 일자리를 알아보다 인테리어 업자 밑으로 들어갔다. 그가 맡은 일은 아파트에 도배하고 장판을 까는 일이었다. 두세 명이 한 조가 되어서 초저녁부터 아침까지 일했다. 몸은 힘들었지만 보수는 나름 괜찮았다. 그는 인테리어 업자 밑에서 1년 남짓 일하다가 그만두었다.

두 가지 일을 체험하고 나니 미래에 대한 불안감이 거짓말처럼 사라졌다. 비로소 '신은 한쪽 문을 닫으면 다른 쪽 문을 열어둔다'는 말이 실감 났다. 돈이 있든 없든지 간에 살아 있는 한 인생은 어떻게 든 살아가게 마련이었다.

일을 그만두고 나서 아내와 함께 나고야로 여행을 갔다. 머리가 아닌, 몸을 써서 번 돈이기 때문일까. 매 순간이 그렇게 즐거울 수 없었다.

요즘 그는 공모전에 출품할 웹 소설을 쓰고 있다. '현대 판타지'는 스트레스도 풀 겸 해서 직장 다닐 때부터 꾸준하게 읽어왔던 장르였다. 그는 증권사에서 일했던 자신의 경험을 토대로 스토리를 짰다.

"남은 생은 재미있게 살래요. 공모전에 당선되면 더할 나위 없죠! 하지만 안 돼도 괜찮아요. 틈나는 대로 작품을 써서 웹 소설 사이트에 연재할 계획이거든요. 뭐, 그러다 보면 언젠가는 웹 소설로 먹고사는 작가가 되지 않겠어요? 100세시대라는데…."

상상할 수 있는 모든 것이 현실이 되지만
상상은 대부분 상상으로 그칩니다.
특히 걱정이나 두려움에 대한 상상은 공포스럽지만
막상 부딪쳐보면 물거품처럼 사라집니다.
걱정하지 말고 부딪치세요.
타인의 시선 따위는 무시해도 괜찮습니다.

현실에 충실한 이들은 타인의 삶에

신경 쓸 틈이 없고

걱정에 파묻혀 살아가는 이들은

자신들의 걱정과 두려움만으로도 벅찰 지경이니까요.

두려움은 두려움을 부르고

걱정은 또 다른 걱정을 부릅니다.

걱정은 현실을 근거로 하지만

대부분의 걱정은 망상에 불과합니다.

망상은 또 다른 망상을 낳으며 저 혼자 몸을 부풀립니다.

용기를 갖고 부딪치는 순간,

비눗방울 같던 망상은 사라지고 '마법의 세계'가 열립니다.

기존의 세계와는 또 다른 새로운 세계가 눈앞에 펼쳐지고

비로소 내가 어디로 가야 하는지

어디에다 뿌리를 내려야 하는지 깨닫게 됩니다.

늦기 전에 꼭 가봐야 할 곳

전기기사였던 R은 30대 초반에 미국으로 기술이민을 갔다.

10년 남짓 직장 생활을 하다가 퇴사하고 조명 사업을 시작했다. 미국은 한국과 달리 천장에 달린 등 이외에도 스탠드 형식의 보조 등을 보편적으로 사용해서, 한국에서 예쁜 조명을 수입해서 팔면 괜찮겠다 싶어서 벌인 사업이었다.

그러나 사업은 기대에 미치지 못했다. 일은 직장 다닐 때보다 두세 배는 늘었는데 수입은 오히려 뒷걸음질 쳤다. 한동안 고전했으나 장사에 요령이 붙으면서 수입도 서서히 늘어났다. 한동안 매출이 제자리걸음을 하는가 싶더니 몇 해 전부터 한국산 LED 조명이 불티나게 팔려나가면서 비로소 삶에 여유가 찾아왔다.

이민 온 지 20년 만에 찾아온 경제적 여유였다. 그사이에 65킬로였던 몸무게는 90킬로로 늘어났고, 덩달아 혈압도 높아져서 조금만 걸어도 숨이 차올랐다. 그는 생을 즐길 수 있는 날이 얼마 남지 않았음을 직감했다.

지역 여행사를 통해서 시간 날 때마다 해외여행을 갔다. 아내와 함께 가기도 했고, 지인들과 단체 여행을 떠나기도 했다.

한국에 있을 때부터 다큐멘터리 프로그램을 좋아해서 여행 관련 프로그램은 빼놓지 않고 봐왔던 그였다. 오랜 세월 시청하다 보니 유명 관광지는 머릿속에 훤했다. 그래도 막상 현지에 가서 눈으로 보면 느낌이 완전히 달랐다.

물론 텔레비전에서 봤을 때보다 실망스러운 곳도 더러 있었다. 하지만 대부분 기대 이상이었다. 텔레비전으로 시청할 때는 단순히 '예쁘다'고 생각했던 풍광도 현장에서 보고 있으면 가슴 벅찬 감동으로 다가왔다.

유럽, 중남미, 오세아니아를 거쳐 아프리카를 다니다 보니 3년이 훌쩍 지나갔다. 밤마다 무릎이 욱신거리는가 싶더니 하루는 심하게 부어올랐다. 미루고 미루다 한의원을 찾아갔더니 퇴행성관절염이라고 했다. 한의원을 다니며 봉침도 맞고 무릎에 좋다는 온갖 치료를 받았지만 좀처럼 호전되지 않았다.

"체중 줄이시고, 꾸준히 운동하세요!"

한의사의 말대로 다이어트도 하고, 틈날 때마다 공원을 걸었다. 그러나 상태는 호전되기는커녕 점점 악화될 뿐이었다. 조금만 걸어도 다음 날 아침이면 무릎은 물론이고 전신이 욱신거렸다. 몸이 아프니 만사가 귀찮았다. 비행기를 타고 떠나는 해외여행은커녕 자동차를 타고 떠나는 국내여행조차도 내키지 않았다.

주말이 되면 아내와 아이들은 각자 자신의 인생을 즐기러 밖으로 나갔다. 그는 홀로 텔레비전 앞에 앉아서 한국에서 제작한 각종 다큐멘터리를 보았다. 그는 한국의 명소를 소개하는 프로그램을 볼 때마다 아쉬움에 한숨을 내쉬곤 했다.

원래 그가 가장 가고 싶어 했던 여행지는 한국의 명소였다. 특히 추억이 묻어 있는 몇몇 장소는 '버킷 리스트'에 포함시켜놓았을 정도였다.

한국에서 조명을 수입했던 터라 한국 출장은 수시로 갔다. 그러나 한국 관광지를 돌아본 적은 거의 없었다. 볼일을 보고 남는 시간에는 친척이나 지인들을 만나 밥을 먹거나 술을 마신 게 전부였다.

한국 여행을 최대한 뒤로 미뤄둔 까닭은 친숙한 장소인 데다 자주 드나드니 마음만 먹으면 언제든지 갈 수 있다는 자신감이 있어서였다. 그런데 막상 무릎이 아파서 더 이상 여행을 갈 수 없는 지경에 이르자 그토록 후회될 수가 없었다.

그는 서울에서 살았지만 전국은 고사하고 서울의 명소조차 제대로 둘러보지 못했다. 대다수 한국인의 삶이 그렇듯이 그 역시 바쁘게 살아왔다. 마음만 먹으면 얼마든지 관광 명소를 돌아볼 수 있었건만 그럴 만한 삶의 여유가 없었다. 그가 젊은 나이에 이민을 떠난 이유도 팍팍한 삶에서 벗어나기 위함이었다.

그러나 바닥에서부터 맨손으로 시작한 이민자의 삶은 고달팠다. 낯선 땅에 뿌리내리는 과정에서 인종 차별을 비롯한 온갖 스트레스를 감내해야만 했다.

텔레비전에서는 송광사, 선암사, 순천만, 낙안읍성, 국제정원박람회장이 열렸던 순천만국가정원을 차례로 소개했다. 한국인이라서 몸이 풍경에 반응하는 걸까. 정신을 차려보니 어느새 텔레비전 앞에 바짝 다가앉아 있었다. 그는 왠지 친근하게 느껴지는 풍경을 보며 탄식을 터트렸다.

"굳이 가보지 않아도 되는 아프리카까지 한걸음에 달려갔지만 정작 가야 할 곳은 가보지 못했구나!"

살아 있는 동안 다시는 한국의 명소를 볼 수 없다고 생각하니 눈물이 주르륵 흘러내렸다.

그는 무거운 몸을 일으켰다. 무릎에서 우두둑거리는 소리가 들려왔다. 거실 한편에 놓여 있는 트레드밀에 올라서 천천히 걷기 시작했다.

계속 움직이다 보면 무릎 상태가 좋아질지도 모른다는 한 가닥 희망을 품고서.

밤낮없이 일하는 개미보다
현재의 순간을 즐기려는 베짱이가 늘어나고 있습니다.
연휴가 되면 해외여행을 떠나는 베짱이들로 인해
공항은 몸살을 앓습니다.
인생에서 경험보다 좋은 스승도 드물지요.

해외여행도 좋지만 국내여행을 소홀히 여기지 마세요.

산과 강은 우리의 뼈와 피고

관광 명소는 우리의 또 다른 얼굴입니다.

한 번도 가보지 못한 곳,

추억이 깃들어 있는 곳을 찾아서 홀홀 떠나보세요.

적은 비용으로 은은한 기쁨을 맛볼 수 있고

멋진 영감과 마주칠 수도 있습니다.

우리가 죽기 전에 가봐야 할 곳은 생경한 이국땅이 아니라

우리의 역사와 삶이 살아 숨 쉬고 있는

유라시아 대륙 동쪽 끝에 위치한 한반도입니다.

가장 소중한 사람은 가까이 있듯이

가장 소중한 것은 가까운 곳에 있기 마련입니다.

마지막 인사

마트에서 돌아오는 길에 J는 무심코 우편함을 보았다. 새하얀 편지가 한 통 꽂혀 있었다. 미용실 같은 곳에서 보낸 광고물인 줄 알았는데, 뜻밖에도 L이 보낸 편지였다.

"얘도 참 별나! 요즘 세상에 무슨 편지야? 할 말 있으면 문자나 카톡으로 하지."

L은 중학교 동창이었다. 한동네에서 자라 중학교까지 함께 다녔고, 같은 해에 서울로 상경해서 함께 대학을 다녔다. 결혼도 비슷한 시기에 했다. 사는 동네는 달랐지만 자주 왕래했다. 나중에는 남편들끼리도 친해져서, 부부동반 여행을 가기도 했다.

그녀가 서울 생활을 정리하고 귀향한 것은 3년 전이었다. 이삿짐차를 먼저 보내고 부부가 작별인사를 하러 왔다. 그녀는 담담하게 말했다.

"나이 먹으니까 흙이 그리워지네. 네 생각 많이 날 것 같아서 벌써부터 걱정이야."

J는 도무지 이해할 수 없었다. 그녀의 아이들은 둘 다 대학생이었다. 아이들만 남겨놓고 한창 일할 나이에 귀향하다니.

서울에 힘들게 뿌리를 내렸기 때문일까. J의 눈에는 그들 부부가 패잔병처럼 보였다. 치열한 경쟁에서 패배하고 낙향하는.

이듬해 가을, J는 남편과 함께 이사 간 집을 찾아갔다. 그들이 정착한 곳은 고향에서도 제법 떨어진 시골마을이었다.

부부는 텃밭에서 고구마를 캐고 있었다. 1년도 안 된 사이에 L은 살도 많이 빠졌고, 얼굴도 검게 그을려 있었다.

집은 낡고 초라했다. 벽돌로 지은 집에 덧붙여놓은 진흙은 군데군데 떨어져 나갔고, 마루는 아귀가 맞지 않아서 걸을 때마다 삐거덕거리며 비명을 질렀다. 살림살이도 간소해서 안방에는 흔하디흔한 텔레비전조차 보이지 않았다.

"아이들 주고 왔어. 여기서는 내 삶만 온전히 살고 싶어서…."

그녀는 웃으며 말했지만 J는 속으로 혀를 찼다.

'너도 참 궁상맞게 산다!'

원래는 하룻밤 자고 갈 계획이었다. 그러나 J는 저녁을 먹자마자 남편과 함께 서둘러 떠났다. 예상했던 전원생활과 너무 달라서 도무지 적응할 수 없었다.

마트에서 사온 찬거리를 냉장고에 넣고 식탁에 앉아 편지를 뜯었다. 편지는 두 장이었다. 앞 장은 L의 남편이 쓴 것이었다.

'아내는 일주일 전에 지병으로 세상을 떠났습니다. 장례식은 아내의 유언대로 가족들만 참석한 가운데 간략하게 치렀습니다. 이 편지는 아내가 의식이 또렷할 때 쓴 것으로, 뜻에 따라 사후에 보냅니다.'

순간, 방심하고 있다가 갑자기 등을 떠밀린 기분이었다.

'뭐, 뭐야? 갑자기 왜?'

그녀는 2년 전, 자신을 배웅하던 L의 모습을 떠올렸다. 손끝이 떨리는가 싶더니 전신이 바들바들 떨려왔다. 물을 한 잔 마시고 나자 떨림이 서서히 멈췄다.

한 차례 심호흡을 한 뒤, 편지를 펼쳤다. '그리운 친구 J에게'라는 글을 보는 순간, 코끝이 찡해지면서 눈앞이 흐려졌다.

잘 지내고 있지?

사실 우리 부부가 시골로 내려온 건 내가 건강이 안 좋아서였어. 의사 선생님은 1년도 힘들 거라고 했는데 용케 3년을 버텼네. 후후. 덤으로 2년을 더 살았으니 운이 좋다고나 해야 할까.

서울 생활을 정리할 때, 다른 사람은 차치하고서라도 너에게만은 모든 사실을 알려야 하지 않을까, 수없이 고민했어. 그러다 결국은 너에게도 숨기기로 마음을 정했지.

각기 다른 병원에서 똑같은 진단을 받고 나서 한동안 방황했어. 처음에는 부정하다가, 왜 내게 이런 일이 생겼는지 분노하다가, 좌절감에 빠져 몸부림쳤지. 그러다 힘들게 마음을 다잡아놨는데, 너에게 털어놓고 나면 그 마음이 다시 허물어질 것만 같았거든.

미안하다. 못난 친구를 용서해주렴.

시골 생활은 다소 불편한 점도 있었지만 나름 좋았어. 지나온 날들을 찬찬히 돌아볼 수 있었고, 예전에는 몰랐던 삶의 가치를 발견할 수 있었거든.

그러다 월초부터 열흘 남짓 사경을 헤맸어. 이대로 죽는구나 싶었는데 의식이 조금씩 돌아오는 거야. 머릿속에 자욱했던 안개 같은 것이 가시자, 아이들과 함께 네가 보이지 뭐니. 그래서 마지막 인사는 남겨야겠다 싶어서 편지를 쓰는 거야.

사실 사경을 헤맬 때 꿈을 꾸었거든. 책가방을 메고 시골길을 너와 함께 걷는 꿈. 오디를 따 먹어서 새까매진 입으로 뭐가 그리도 즐거운지 까르르 웃다가 깨어난 거야. 즐거운 추억인데 눈가에는 왜 눈물이 맺혀 있는 걸까?

곰곰이 생각해보니 감사하기 때문인 것 같아. 소중한 추억이 있다는 것이 감사해서, 지난 삶을 너와 함께했다는 사실이 너무도 감사해서.

편지를 쓰다 보니 우리가 함께했던 무수한 날들이 주마등처럼 스쳐 지나간다. 수많은 추억들을 일일이 열거하면 밤새 편지를 써도 다 못 쓸 거야.

난 죽기 전에 너에게 이 말만은 꼭 해주고 싶었어.

네가 곁에 있어서 이 세상이 참 따뜻했어.

사랑한다, 친구야!

내가 하늘나라에 먼저 가서 좋은 자리 잡아놓을게. 느긋한 네 성격처럼 천천히 오렴. 세상구경도 많이 하고.

안녕!

J는 한동안 넋 놓고 앉아 있다 휴대전화를 집었다. L의 남편에게 전화를 걸기 위해 숫자를 누르다가 슬며시 휴대전화를 내려놓았다. 기억 저편에서 친구가 환하게 웃으며 손을 흔들고 있었기 때문이었다.

손등으로 흐르는 눈물을 서둘러 닦고 가까스로 미소를 지었다. 그런 다음 천천히 손을 들어 올렸다.

잘 가라, 내 친구야!

❖

삶과 죽음은 반대의 개념이 아니다. 그것은 하나로 길게 이어져 있다. 삶의 끝에 죽음이 기다리고 있기에 삶은 더 아름답고 가치가 있다.

제대로 된 삶을 보려면 죽음을 직시할 수 있는 용기가 있어야 한다.

『죽음이란 무엇인가』라는 책을 집필한 예일 대학 철학교수인 셸리 케이건은 출판사와의 서면 인터뷰에서 이렇게 말한다.

"정말로 중요한 건 이것이다. 우리는 죽는다. 때문에 잘 살아야 한다. 죽음을 제대로 인식한다면 인생을 어떻게 살아야 하는지에 대한 행복한 고민을 할 수 있다."

하루하루 삶의 유통기한이 지나가고 있는데, 남은 삶을 현명하게 소비하고 있는지 되돌아보아야 한다는 교수의 말 속에는 가슴 깊은 곳을 울리는 무언가가 있다.

살아 있을 때 마지막 인사말을 정리해두는 것도 괜찮을 듯싶다. 유언장을 작성하고, 지인들에게 편지를 써놓으면 남은 삶을 보다 홀가분하게 살아갈 수 있지 않을까.

나의 죽음이 무겁지 않기를 바랍니다.
설령 남은 자의 시선에서는 참혹한 죽음일지라도
떠난 자의 입장에서는 공평한 죽음이니
공항에서 해외여행을 떠나보내는 사람처럼
가벼운 마음으로 조문을 했으면 합니다.

충분히 즐겁고, 충분히 행복했습니다.
그래도 후회 없는 삶이었기에
새 신을 신은 아이처럼
가벼운 마음으로 이승과 저승 사이에 놓인 징검다리를
깡충깡충 건너가렵니다.

죽은 자는 편지를 쓸 수 없고
죽은 자는 전화도 할 수 없어서
마지막 인사를 미리 보냅니다.
당신이 있어서 더 많이 웃을 수 있었습니다.
재미있게 놀다가 천천히 오세요!

열심히 살다 보니
놓쳐버린 것들

초판 1쇄 인쇄 | 2020년 10월 20일
초판 1쇄 발행 | 2020년 10월 28일

지은이 | 한창욱
펴낸이 | 김의수
펴낸곳 | 레몬북스(제396-2011-000158호)
전 화 | 070-8886-8767
팩 스 | (031) 990-6890
이메일 | kus7777@hanmail.net
주 소 | (10387) 경기도 고양시 일산서구 중앙로 1455 대우시티프라자 802호
디자인 | 페이퍼마임

ⓒ레몬북스
ISBN 979-11-91107-01-2 (03810)

이 도서의 국립중앙도서관 출판예정도서목록(CIP)은 서지정보유통지원시스템 홈페이지(http://
seoji.nl.go.kr)와 국가자료공동목록시스템(http://www.nl.go.kr/kolisnet)에서 이용하실 수 있
습니다. (CIP제어번호 : CIP2020043269)